女装の麗人は、かく生きたり
A BOY DRESSED AS A WOMAN
LIVES LIKE THIS

「ディア様……？」

冠上闘技──第十六回戦

ディア＝エルギリム
リオ＝カーマイン
A BOY DRESSED AS A WOMAN
LIVES LIKE THIS

女装の麗人は、かく生きたり

ショーン田中

角川スニーカー文庫

24433

口絵・本文イラスト／夕子
口絵・本文デザイン／杉山絵

CONTENTS

004 ＊ 彼と彼女の前日譚

007 プロローグ ＊ 女装の麗人

016 第一章 ＊ 人間《どれい》は神に祈る――死に絶えろ

053 第二章 ＊ 役者は踊る――人であれ精霊であれ

097 断章 ＊ ――Ⅰ

109 第三章 ＊ 広報活動とは何か――ファンサービスである

148 断章 ＊ ――Ⅱ

155 第四章 ＊ 誉れあれ――口にするだけなら無料だ

199 断章 ＊ ――Ⅲ

211 第五章 ＊ 世界は公平ではない――過去も未来も

241 第六章 ＊ では問おう――お前は何者か

286 エピローグ ＊ お前は何者か――まずお前から名乗れ

302 あとがき ＊

A BOY DRESSED AS A WOMAN
LIVES LIKE THIS

彼と彼女の前日譚

——生とは執着の結果だと、僕は知っている。

命への渇望、愛への粘着、家族への拘泥。

誰もが何かに執着するからこそ、生は生たり得る。執着がない生など灰色だ。

だから、きっと僕の人生は灰色そのものだ。リオ＝カーマインと名乗る少年には執着がない。

村の誰かが、僕を気味の悪い人間だと言った日も。

村の長が、僕を彼女への生贄《いけにえ》に選んだ日も。

心に揺らぎは起こらなかった。

必要ならば仕方がない。むしろガリガリと骨を削るような労働に勤しみ死んでいくよりは、そちらの方が幾分かマシな色合いかもしれない。

興味を覚えたのは、ただ一つ。

村の誰もが怯《おび》え、恐怖し、生贄さえ差し出そうという彼女——竜《ドラゴン》とは、どんな生き方をしているのだろう。

傲慢《ごうまん》にして不遜《ふそん》。

猟奇的にして美食家。

唯一であり至強。

世界最高の位置から全てを睥睨《へいげい》する彼女は、一体どんな景色を見ているのだろうか。きっと、僕とは全く違う景色が見えているのだ。

「——死にたいか、それとも生きたいのか？」

果たして、僕は竜と出会った。

彼女は美しい死のようであり、底知れぬ海のようであり、咆哮《ほうこう》する山そのもののようであり。

——執着を失った少女のようだった。

これが、世界に殺せるものがいないと語られる精霊の頂点で。生物にとっての最高の到達点。

きっと僕は、がっかりしたのだ。彼女には、竜と語られるソレには、隔絶した存在でいて欲しかった。僕には想像もつかない、超越した在り方をしていて欲しかった。

こんな――ありきたりな生き物だったなんて。

だから僕は言った。手の平ほどの失望と、諦観《ていかん》を込めて。

「――」

今でも、覚えている。幼過ぎる僕には、その言葉の意味も分かっていなかった。

それが――竜と命の獲りあいが始まる合図になるだなんて、欠片《かけら》も気づいていなかった。

プロローグ／女装の麗人

眼を疑う。疑念は不信に変じ、しかし次には驚愕《きょうがく》へと入れ替わる。

「カーマイン山にて生まれ落ちた人の子！　人間の女にして闘技奴隷――リオ＝カーマイン！　今日三戦目！　軽快な剣捌《さば》きで未だ傷を負っていません！」

宿屋の中庭に作られた小規模な闘技場で、人間と進行役に紹介された対戦相手は、余りに場に不似合いな格好をしていた。

役者を彷彿《ほうふつ》とさせる、フリルと花飾りがふんだんに取り付けられた紅色のドレス。帽子は異様に縁が大きく作られ、火食い鳥の大羽を飾りにしている。

恐らくは闘技者の中でも、絢爛《けんらん》闘士と呼ばれる手合い。飼っている人間を闘技者とする『精霊』がいる、というのはたまに聞く話。

貧弱な男ならばともかく、戦士たる女ならば、なくはない。

「――しかし、相手となるは我が濡《ぬ》れ鴉《がらす》亭の首席闘技者！　ミノス族が重装闘士カーリ！

果たしてどこまで相手になるでしょうかぁっ！」

カーリは頭蓋《ずがい》に生えた双角で天を突きながら、まじまじと対戦相手を見つめる。

その細い体つきは、男と見間違えそうになるほど華奢《きゃしゃ》。恐らく人間という情報は事実だ。

彼女の身体には、種族特徴と言えるものが何もない。

しかし特筆すべきは、その容貌《ようぼう》。

思わず、カーリは喉《のど》を鳴らした。同性と言えど、その容貌と肉体はカーリの芯《しん》を痺《しび》れさせる。

「頑張ってリオちゃん！」

「怪我しちゃ駄目よぉっ！」

街中で行われるごく小さな闘技だけあり、観客は百名を少し超える程度。しかし観客の精霊たちは異様に沸き立っている。

そのどれも、カーリに向けられたものではない。黄色い声援と熱の籠《こも》った喝采《かっさい》は、多くが対戦相手のリオに向けられたものだった。

だがそれも致し方がない。彼女が明らかに邪魔そうな様子で帽子を脱ぎ落とすと、肩口程度まである群青の頭髪が、艶《つや》やかな輝きをもって跳ねた。黒と蒼の混じった瞳《ひとみ》の色は、見つめるものを深層へと連れ去ってしまいそうな輝きがある。歳はまだ少女といって良い頃合い。

顔つきには特有の艶があり、短命種である人間に許された輝かしさを有している。美少年と言われても通じる顔立ち。周囲の精霊たちは、どうやら彼女のそんな姿に悉《ことごと》くやられてしまったらしい。

「よろしくお願いします」

リオの瞳が、周囲の熱狂を怪訝《けげん》そうに見つめていた。人間らしくびくびくと頭を下げる様子は愛らしい。どうやら、臆病《おくびょう》な性格らしかった。

「……奴隷なら、娼婦《しょうふ》になった方が幸せだったろうに」

不意にカーリが呟《つぶや》く。元より、人間は戦いに向かない。彼らに出来るのは、ただ精霊に仕える事だけ。

――人間と精霊族、そこには越えがたい壁がある。

人間とは即ち、エルフやミノスといった精霊族に従属する、奉仕種族。精霊族は彼らに従われる支配種族。

生まれからして、種族からして身分が違う。片や跪《ひざまず》く為に生まれ、片や従われる為に生まれるのだから。男という性別が女に愛され、女に支配される義務を負って生まれるのと同じ事。

思えばリオは、素晴らしくその素養を有していた。精霊ならば間違いなく彼女に視線を奪われるだろう。

本当に惜しい。もし彼女が男で、娼夫であったのなら、カーリは通い詰めてしまったかもしれない。いいや、通い詰める。娼婦としてでも、需要は十分にあるだろう。

それが、よもや闘技奴隷にされてしまうとは。

確かに、人間の身で軍用大剣《クレイモア》を握りしめ、両手で振るう姿には愛嬌《あいきょう》がある。言葉では語り辛い、美しさも感じさせる。

しかし怪我をさせてしまっては元も子もないではないか。今日二戦をして怪我をしていないのは、対戦相手が不憫《ふびん》に思っただけに違いない。カーリはそう感じながらも、鈍く輝く戦槍《せんやり》を肩に載せる。下手な怪我はさせられない。一発で武器を弾き飛ばして、降参させよう。

——そうしてあわよくば、縁を結んでおきたい。同性と言えど、見逃せない魅力だ。

そんな下心すら持ちながら、カーリは甘い吐息を漏らす。進行役が、リオとカーリ、両者の用意が整った頃合いを見て、声を響かせる。

「ではでは！　濡れ鴉亭闘技大会、最終戦！　開始ィッ！」

観客、そうしてカーリがリオの容貌に視線を奪われていたのは、闘技が始まるまでの僅《わず》

かな間だけだった。始まってからは、全く別のモノに視線を奪われる。

「――嘘」

誰が言ったのかは、もはや特定出来ない。だが漏れ出た感情は、この場の全員が共有していた。

視線は、鋭く空に円を描く大剣へと注がれる。リオが両手を勇ましく振るうと同時、銀色が鮮やかな軌道を描いて疾駆した。

「むっ！」

誰よりも驚愕を露わにしたのは、対戦相手たるカーリだ。

想像していたものは緩やかな軌道、欠伸《あくび》が出そうな程の剣速。

全てを裏切って、すでにリオの刃は眼前にあった。それはカーリの甘さとは言い切れない。

「一つ、二つ、三つ――」

軍用大剣は人間に軽々と扱える代物ではない。重心が独特であり、よほどの訓練を積まねば自由自在とはいかない代物だ。精霊の『加護』でも受けていれば別だが、リオにそんな気配はなかった。

ただ口先でリズムを取りながら、自在に軍用大剣を振ってみせる。どうやって、これほどの武技を。

カーリにそれを問答する余裕はない。軽やかに戦槍をぐるりと回し、反射的に長柄を横にして大剣を受けきる。鉄と鉄が嚙《か》み合う鈍い音が鳴り響く。その所作一つが、カーリもまた耐え難い訓練を積み重ねてきたのだと告げている。

流石に、力勝負となればカーリの敗北はあり得なかった。ミノス族は『神霊』から『剛力』の恩寵《おんちょう》を賜った種族。筋力という一点に絞るのであれば、上位精霊たちとも相対することが出来る。恩寵を持ちすらしない人間には、決して到達し得ない地点だ。

「っ、凄《すご》いな、人間にしてはやるじゃないか」

額に汗を垂らしたカーリだったが、初撃を防ぎ切った事で安堵《あんど》が生まれる。落ち着いて相手を見る事も出来た。リオは大剣を戦槍と嚙み合わせながら、慎重に離脱するタイミングを計っている。膂力《りょりょく》で敵わない事は重々承知しているのだろう。

カーリは彼女に対する認識を改めた。人間の闘技者に求められるのは美麗さだけだが、彼女は技量も身に付けている。大剣を振るう為、相手の間合いへ入り込む為の身体の使い方を。それは紛れもない、勝利するための必然の努力。

だがそれならば、カーリも同じ。彼女は宿屋の一闘技者で終わる気はない。いずれ大歓声の中、人気闘技者として富を築く。こんなくだらない場所で、よりによって人間相手に無様を晒《さら》せるものか。

頭に生えた双角を突きあげながら、カーリは呼吸を整える。幾人もの血を吸った黒鉄が、陽光を反射して妖艶《ようえん》な輝きを発した。ミノスの剛力がリオの軽やかな身体を、紙切れの如く吹き飛ばさんとした——瞬間。

「は、ぁ——っ⁉」

カーリの頬が赤らみ、唐突に瞳が明滅する。公都グラムでもまずお目見え出来ない美貌《びぼう》に、間近で見つめられたからではない。カーリはそんなに安い女ではない。

だが、それでもだ。

相手から——『闘技の後、お時間ありますか』なんて甘いハスキーボイスで囁《ささや》かれれば、流石に動揺する。リオの瞳は何処か妖艶な色合いを帯び、声色は胸の奥底を擽る。落ち着け、こいつは同性で、男じゃない。いいやもしかして、その気があるから私に声をかけたのだろうか。

カーリの思考が生まれて初めて、戦闘以外の事で高速回転する。

闘技者はよほどの人気者にでもならなければ、男から声はかからない。それこそ大闘技場《セントラル》で活躍するほどの一流闘技者でなければ。

宿屋で武技を振るうような闘技者では、金で一時の快楽を買うのが精一杯。

女とはいえ、リオほどとなれば高級品。奴隷とするのは勿論、一夜を買うのすらカーリには荷が重い。いやいや、もしかすると本当は男なんじゃないのか。それなら、今すぐにでもこの場で手を出したい。

高嶺《たかね》の花としか言いようのない相手。それが今、そっと声色を甘くして自分に声をかけてくる。どう答えるべきだろうか。いいや答えは決まっている。そんなもの――。

逡巡《しゅんじゅん》の果て、カーリの視界が反転する。眼を瞬かせた瞬間には、もう終わっていた。

「――ごめんなさい」

ふと見れば、自分に馬乗りとなったリオが、刃を首筋に押し当てている。背後には闘技場の砂。視界の先には陽光。自分が倒れ伏しているのだと、カーリはようやく気付いた。

やられた。そう思ったと同時、声が上がる。

「お、おぉおおお⁉　しょ、勝者――」

進行役が、一瞬戸惑ったように詰まってから、言う。

「――エルギリム訓練場のリオ！」

第一章／人間《どれい》は神に祈る――死に絶えろ

濡れ鴉亭は宿屋ではあるものの、公都グラムにおいて有数の規模を誇る。幅広く取られた中庭では時に演劇を上演し、時には今日のように闘技を催す。立ち見席は勿論《もちろん》、桟敷席《さじき》すら用意してあるのは、濡れ鴉亭が成功を手にした証と言っても良い。

そこでの闘技大会に勝利し、頂点に立った。人間の身にすれば、両手で握りしめたくなるほどの栄光、なのだが。当の本人は二階の桟敷席に上がった瞬間、声をあげた。

「……ディア様。このやり方、本当に嫌なんですが」

黒色めいた群青が、羞恥《しゅうち》で輝きながらつり上がる。リオは自らの所有者であり、雇い主でもある精霊――エルギリム訓練場オーナー、ディア＝エルギリムへ抗議すら含めた声をあげた。

その口ぶりに、周囲を歩く精霊や付き従う人間たちはぎょっと瞳を見開く。

本来、精霊と人間の格差は言語を絶するもの。

多くの人間は法的な保護の対象ではない。即ち、他者の所有物になっていない限り、精霊は人間をどのように扱った所で罰せられないのだ。

リオの口ぶりは決して精霊に向けるものではない。その場で首をねじ切られてもおかしくはなかった。

しかし桟敷席に座る所有者――ディアは、奴隷の言葉を気にする素振りさえない。むしろ嬉《うれ》しそうに口元を緩め、そんなリオの姿を自らの客へと披露する。

「どうですこの毅《き》然《ぜん》とした振る舞い！　ミノス族さえ屈服させてみせる技量！　闘技場の華になれる要素は十分！」

ディアは宝石を彷彿《ほうふつ》とさせる碧眼《へきがん》でリオを見た。

面貌《めんぼう》は砂粒程の隙も無く、流れるような銀髪には、長い時を生きた自負が込められている。美しい、と一言で言ってしまうのが不遜《ふそん》とさえ感じられるほど。

眦《まなじり》一つ、鼻梁《びりょう》一つとっても、自然の造形物というより、誰かが手を加えたのではないかと疑ってしまう。

けれど彼女は、紛れもない自然の落とし子。精霊、ウッドエルフ。一本の線を頬に引きながら、彼女はますますセールストークを加速させる。

相手はグラムで数多くの闘技大会を開催する、興行主の一角だ。

ディアのような訓練場の主人は多くの闘技者を抱えるが、好き放題に闘技大会に出場させていれば良いわけではない。格が低く、注目度の低い野良《のら》大会に出場させても、得られるものは僅かな賞金。どうせならより高位の、大規模な大会が望ましい。

とすると、必要なのは興行主への闘技者の売り込みだ。

「分かったけど、やっぱり人間じゃあねぇ。この前の、ハルピュイアみたいな子なら良いんだけど」

「精霊か人間かよりも、闘技者は強いか弱いか！　それにリオなら、きっと人気も出てお客さんも倍増間違いなし！」

「うーん……」

片目を隠したラミアが、長い舌をぐるりと巻いてリオをまじまじと見る。鱗《うろこ》のついた下半身が、桟敷席でとぐろを巻いていた。

十秒ほど思案した後、舌が動いた。

「ディア、やっぱ今回は無し。悪いけどこっちも商売。人間が参加出来るってだけで、大会の格が落ちちゃう」

「え、えぇ!?　えーあー……そ、それはそうだけど、でもほら、リオには他にも良い所が」

「駄目なものは駄目。紹介できそうな案件があったら入れたげるから、今回は引いて」

ラミアは、一度決めた事は曲げない性格であるらしかった。興行主としては必要な判断力だ。桟敷席から降りると、従者を引き連れてさっさと観客席から出て行ってしまう。従者はやはり、人間の奴隷だった。

「あーもー、悔しい！　リオならすぐに人気出るはずなんだけど」

大会が終わり、精霊も疎らになった桟敷席に座り込んでディアが言う。片肘《かたひじ》を突きながら、ぼそりと美しい唇が言う。

「……いっそ、女装をやめて男なのバラしちゃう？　美しい男の子と戦えちゃうサービス。いけそう！」

「いける、じゃありませんディア様！」

「えー、いけるのになぁ。リオほどの男の子なら誰もほっとかないのに」

何処か誇らしげにディアが言う。反面、リオは眉《まゆ》を顰《ひそ》めてその一言に噛みついた。

美しさや文化と言った、いわゆる魂の贅肉《ぜいにく》を有難がるのは精霊特有の感覚だとリオは思う。特に、精霊族特有の男女観については馴染《なじ》めない箇所が多い。

——何しろ精霊と人間は、恐ろしい程に男女観が異なる。性質、趣向、思考、習慣。ほぼ真逆と思うほど。

人間にとって、男は狩猟や農耕が出来るだけの力があれば良かった。少なくともフリルのついた服を着せられた覚えなどリオにはない。

反面、精霊において力を求められるのは女の方だ。

推察するに、人間が肉体しか武器を持たないのに対し、精霊は神霊からの『恩寵』を武具とする事からくる違いだろう。

恩寵によって、精霊は人間と隔絶した特性を得る。力の骨子となる体内霊素は莫大《ばくだい》に拡張され、時には『神性』と呼ばれる権能すら操る個体もいる。

そうして、どういうわけか男性より女性の方が圧倒的に恩寵を受ける量が多いのだという。それゆえに、人間とは男女観が逆転した。

そっとリオは、自分に着せられたフリル付きの、実に愛らしい、恥ずかしい衣装を見て思う。

神よ、死に絶えろ。貴方《あなた》の気まぐれが、自分をこんな屈辱に甘んじさせているのだ。

「……第一、僕が男だってバレたら、闘技大会に出る事だってできなくなるでしょう。人間でも、女だから、参加させて貰《もら》えてるんですから」

「うーん、それは確かに。とするとやっぱり」

ディアはリオの両手を唐突に握りしめる。リオが頬を染めるのにも気づかず、唇は動き続けた。

「ずばり、色仕掛け作戦！　リオの魅力なら、同性と思っててもくらっときちゃうはずよ！」

「……正攻法で勝たせてください！　ディア様の言う事は聞きますけど、それは違います！」

彼女はこういう性格だった。エルフには珍しく陽気。精霊とは思えない程に寛容。それでいて、どこかズレている。

「いやほら、だって楽する方が良いでしょう？　獣だって罠《わな》や武器を使うより、直接殴った方が早いのと一緒よ」

訂正。ズレているのではない。何かが抜け落ちている。

ウッドエルフの精霊における階位は、第四階位。それでも人間や一般の精霊を遥《はる》かに超える力が彼女にはあった。

一般精霊の階位はおおよそ第五か第六に集約されるので、ディアは一つ抜きんでた存在と言える。

「勿論、リオがちゃんと戦えるのは知ってるわ。でも、根本的に人間は霊素《マナ》が精霊《わたしたち》より少ないんだから。なら、使う手を増やすのは大事よ。強者を倒す為なら、使える手はなんでも使う。そうでしょう？」

「……それはそうです」

リオは一拍を置きながら言う。

「ですが、搦《から》め手《て》に頼り切るつもりはありません。いずれ僕は、この大陸で一番の闘技者──『竜の征服者《ドラゴニア》』になる。最大の強者、竜を撃ち落として」

「……相変わらずだけど。その意味、分かってるのよね？　気軽に口にして良い言葉じゃない。竜は全ての精霊が目指す到達点。人間が口に出すのすら嫌がる輩もいるのよ」

「けれど、しなければならない事ですから」

リオの瞳をじぃと見つめながら、ディアは頬をつりあげた。彼の言葉に含まれた意味を、無言の内にくみ取ったかのようだった。

「ええ、そう。なら私は信じるわ。古い格言にもある通り、『力』が無い者に与えられるものは、臆病《おくびょう》さと貧窮だけ。『力』は傲慢《ごうまん》だが、全てに決着をつけてくれる！　勝利こそが、闘技者の正義なんだから」

精霊たちは、自然がもたらす脅威から生まれた出自ゆえか、純然たる『力』に莫大な喝《かっ》采《さい》と賛辞を惜しまない。

精霊の階位、そうして巨大な公国を支配する百霊議会の議員となる資格すらも、『力』

によって選定されるのだ。国家正義とは『力』によって執行され、世界秩序とは『力』によって保たれる。これこそ、精霊たちを貫く最大の不文律。

ゆえに、闘技者となって『力』を示す事。その闘技者を飼いならす事こそ、この世界で成り上がる為の最たる手段だった。公都グラムでは、昼夜を問わず闘技者たちが栄光を求めて血を垂れ流している。

「なら、勝ちますよ勿論。そのために闘技者や種族の研究も欠かしていません。さっきの闘技だって、真正面からやっても勝てました。次は正攻法で勝ちます」

不遜とも言えるリオの口ぶりに、ディアが何処か涼やかさを保ったまま、快活な笑みを浮かべる。

「ええ、ええ。そういう気持ちが一番大事よ！　完璧《かんぺき》！　じゃあいこっか。今日が何の日か覚えてるでしょ？」

何の日か。言われるまで、リオは意識すらしていなかった。闘技の熱がまだ身体から抜けきっていない。数秒、考える。

「……エミー様にお会いする日でしたっけ」

「その通り、よく覚えてるじゃない」

「えーあー……あんまり気乗りはしないんですが」

「ダメダメ。ハーレクイン卿《きょう》は一番のお得意様なんだから。リオがいかないと納得しないって。大丈夫、殺される事はないから！」

「殺される以外ならあるって意味じゃないですよねぇ!?」

訓練場への資金提供者であるパトロンを失えば、リオだけでなくディアも破滅しかねない。ご機嫌伺いは、時に本業よりも大事。

とはいえだ。そもそもリオはディア以外の精霊と会うのが苦手であったし、何より。

「エミー様、その、少し変わってるというか、その」

「あ。変だよねやっぱり。頭の螺子《ねじ》五本くらい外れてるよアレ！　貴族だからかな？」

言わなくても良い事を、ずばりディアが言う。周囲の耳目を気にする考えはないらしい。

貴族。第二階位以上の高位精霊が所属を許される、名誉と権力を象徴する一言。

――嫌だ、本当に嫌だ。

リオは石作りの大通りを踏みしめながら胸中で口にする。

リオの持つ悪癖だった。彼に見えているものは、自分の剣一本だけ。後は精々が、ディアくらいのものだろう。

それだけで彼の世界は完結している。剣を振るい、敵を粉砕して勝利する。ただそれだけが、彼が有する存在意義。その為なら、ひらひらしたフリルや馬鹿みたいに大きい羽根のついた帽子だって許容しよう。

けれど、それ以外の事には一切触れたくないのだ。

ディアに付き従い、その背後を行く。今のリオは、彼女ら精霊と一緒でなければ大通りを歩く事も許されない身分。時折、同族たちの姿を見かけるが、誰も彼もが同じ。奴隷や使用人として精霊に括りつけられている。

この光景がリオは好きではなかった。人間とは、即ちこの程度の存在なのだと嫌でも分からされる。

宿屋から十数分も歩けば、目的地が見えて来る。いいや正確には、パトロンの邸宅を覆う外壁は随分と前から見えていた。ただ、入り口に辿《たど》り着《つ》くまでに少々の時間が必要となるだけで。

「失礼、ディア＝エルギリムです。通りますね」

慣れた口調で、門前の衛兵へディアが声をかける。ここへ来るのは初めてじゃない。衛兵は彼女の顔を見ただけであっさりと門を開けた。特徴的な瞳《ひとみ》から察するに、彼女の種族は恐らくシープだろう。

高位精霊の邸宅は、それ一つが要塞《ようさい》として機能するように作られている。元々この公都が戦線の最前にあり、城壁都市であった頃の名残だ。そう思うと、優雅に飾り立てられた庭園もどこか血なまぐさい香りを覚えさせる。

邸宅は四階建ての上、尖塔《せんとう》が二つ備え付けられ、公都そのものを睥睨《へいげい》する。これだけでディアの訓練場を遥かに超える規模だが、邸宅の主からすればここは公都で過ごすための別邸に過ぎないというのだから呆《あき》れるばかりだ。

邸宅の前につくと、何をせずとも扉がぎぃ、と開いていく。隙間から、ちらりとメイドが顔を出した。

じろじろとこちらを観察したかと思うと、大仰にため息をついて言う。

「はぁ〜〜、まぁた貴方がたですか。我が主も暇ではないはずなんですが、どぉーして貴方がたを呼びたがるんでしょう」

メイドの失礼、というより何処か気の抜けた態度にディアは苦笑する。リオはそっとディアの後ろに隠れた。

「どぉーもリオリオ。相変わらず礼儀がなってませんねぇ」

「そうですか。貴女に言われたくないんですけど」

「我ら死人に礼儀が必要でぇ？　格好つけなんてのは生者の特権ですよぉ」

エミー＝ハーレクインのメイド、マミー。彼女は右目を隠すようにぐるりと包帯を巻き、残った左目だけでリオを見つめる。肌は彼女の種族に相応《ふさわ》しくやや青白いが、それ以外は殆《ほとん》ど人間と同等に見える。いいや、人間だった肉体なのだから当然だろう。

彼女の種族は、死霊。神霊の奇跡たる命を失い、一度は亡骸《なきがら》となった者ら。そうでありながら、不遜《ふそん》にも霊として蘇《よみがえ》ってしまった者ら。精霊としては最低の階位、第七階位。

「まぁまぁ、良いじゃない。知らない仲じゃないんだし。マミーちゃん、ハーレクイン卿はおられる？」

「ああ、おられるんですが。まだ先のお客人が――」

おられますから。マミーがそう告げようとした瞬間だった。巨大な邸宅全体を震わすかと思わせるような轟音《ごうおん》が、玄関口まで鳴り響いてくる。

「――冗談じゃありませんわ！　貴女の顔をもう見たくありませんことよ！『百霊議会』の議員として恥を知りなさい！」

反射的にリオが両耳を塞《ふさ》ぐ。声そのものに霊素が重なり、質量を帯びている。霊素は主の怒りに敏感に反応し、天井と床を這《は》いまわっては恐れるように蠢動《しゅんどう》した。

「あちゃー、やっぱりこうなっちゃいましたか。エミー様、沸点低いですからねぇ」

「げっ。他の議員様が来てるの？」

ディアはエミーの憤激には反応せず、その言葉を拾い取った。

『百霊議会』。その名を公都グラムで知らない者はいない。何せ公都、いいや公国そのもの意志決定を左右する、統治機構を指す単語だ。公都に設置された議会において貴族精霊たちが議員となり、公国の明日《あした》を担う。

議員に与えられる権限は莫大《ばくだい》だ。必要であると認められれば、警察権や司法権にすら介入出来る。無力な一般市民や、ましてリオのような人間相手であれば、議員は指先一つで牢屋《ろうや》にでもぶち込める。議員に逆らった次の日には処刑台送り、となった事例だって珍しくなかった。

「ええ、ディア様。アネルドート＝オルガニア卿が来られていますぜ。議員同士、積もるお話でもあったんじゃないですかね」

「オルガニア卿、って。『強硬派』でしょ。『穏健派』のハーレクイン卿とはそりゃ相性悪いわ」

エミーもまた、百霊議会の議員の一員。誇るべき栄誉を抱えた精霊だ。だが同時に、それは彼女の機嫌の良し悪しでディアとリオの進退も決まってしまうという事。

間違いなく今は、相当機嫌が悪い。

出直しましょ。そう、ディアが口にしかけた瞬間だった。

玄関ホールに続く扉が勢いよく開かれる。そこに現れたのは、二つの影。真っ先に飛び出してきたのは、闇夜にすら煌《きら》めく黄金の頭髪を持った美少女。見た目だけならば、年齢はリオとさほど変わらないように見える。

彼女は紫色の瞳をぐるりと動かし、玄関ホールへと視線を向ける。探しているのは、自らの使用人。

「マミー！　アネルドートはお帰りよ！　早く馬車の準備をしてさしあげなさい！」

感情が収まりきらないという様子でいきり立つエミーとは正反対に、淡々とした様子でもう一つの影が口を開いた。

「ハーレクイン卿。言われずとも、帰還する。卿がその様子では、冷静に話も出来そうにない」

「ええ、そうでしょうね。ヴァンパイアのわたくしとオーガの貴女。近接種同士、少しでも分かり合えると思ったわたくしが愚かでしたわ」

エミーと相対しながら、青髪の美女――アネルドートは頭蓋《ずがい》から二本の角をむき出しにして言った。頬には僅《わず》かな微笑を見せている。

「安心しろ。こちらは最初から分かり合えるとは思っていない。同じ鬼とは言え、『血吸い蝙蝠《こうもり》』に過ぎない卿と、純血の鬼族たる私では見解の相違があるのは当然だ」

「――言いましたわね」

「ああ、言った」

血吸い蝙蝠。ヴァンパイアに対する明確な蔑称《べっしょう》だ。彼女らの原初が、他者の血から霊素を吸い上げ、弱々しく生きるしかない蝙蝠の魔物だったという風説から作られた造語。議員ともあろうものが口にするには、少々品の無い言い回しだろう。

エミーは喉《のど》を軽く鳴らして言う。紫色の瞳が、魂すら凍り付かせる感情を見せている。

「そう。『死体漁り』らしい、浅ましい口ぶりですこと」

「ほう、言ったな」

「ええ、言いましたわ」

エミーは、アネルドートから売られた喧嘩《けんか》を買った。

語るまでもない。『死体漁り』はオーガに対する蔑称。精霊、それも高位ともなれば命よりも誇りを何より大事にする。精霊の本質が、生命体よりも精神体に近いがゆえだ。

「ッ！　リオ、マミーちゃん！　伏せて！　顔を上げないで！」

「ええっ⁉」

喉を絞り込むように叫んだのは、ディアだった。その声に背を押されるように、二つの嵐が動き出す。

先手を取ったのは、まさしく暴力の化身たるアネルドートだった。腰元の剣へと手が伸びる。装飾が施された銀の刃が、空中に線を描きながら三度瞬く。

神霊より賜りし恩寵《おんちょう》は『断絶』。

ただ力が強いのではない。ただ敵を圧倒するのではない。万物全てをねじ伏せる彼女の剣の前では、ありとあらゆる抗力が破壊され、硬さは意味を失い断たれてしまう。

ゆえの、断絶。

エミーがどれほどの抗いを見せようと、全ては無意味に終わるのだ。それを知るからこそ、エミーは指一つ、抵抗をしなかった。

身に着けた美しい色彩の衣服が切り刻まれるのと同時、エミーの肉体が四散する。絹のような肌は勿論《もちろん》、強靭《きょうじん》な筋肉も、霊素により支えられた骨子も、何もかも一切の抵抗を許されない。それだけではなく、エミーが背にしていたロビーの一角が弾け飛んだ。

「……ふん。相変わらず、逃げるのだけは得意か蝙蝠」

しかし、アネルドートは口元をつまらなそうに歪《ゆが》める。仇敵《きゅうてき》の身体を断ち切った清々しさなど欠片《かけら》も見えない。

彼女は双角をくいと突き上げ、虚空すらも射殺さんとする視線で、エミーの肉体を見ていた。

そこにあるのは、断ち切られたエミーの肉体――しかしそれは、自分が切り払ったものではない。能動的に分割されたものだった。血液はまき散らされず、肉体は、骨子は、ぐるりと渦を成して霧に変じる。そうしてそのまま、エミーは衣服とともに姿をかき消す。

次に姿を見せたのは、アネルドートの背後だ。

「賜りし恩寵を、如何《いか》に使いこなすか。それこそ、精霊としての品位というものではありませんでして？」

ヴァンパイア、エミー＝ハーレクイン。賜りし恩寵は『千変』。

ありとあらゆる姿になり、ありとあらゆる顔を有する。千変万化こそ、ヴァンパイアの有する能。

時に闇夜を羽ばたく蝙蝠に、時に裏道を駆ける黒犬に、時に敵を翻弄《ほんろう》する霧へと姿を変える。

背後から、細い指先がアネルドートの首筋に軽く触れた。

「貴女《あなた》の考えには決して同調出来ません。百霊議会、議長クライム閣下も決して許さないでしょう。聡明《そうめい》な貴女が、そんな事もお分かりにならないの？」

「朽ち果てる寸前の老樹だ。何を気にする事がある」

「――貴様」

万霊の敬意を集める、議長への暴言。未だ理性を保っていたエミーの神経を、アネルドートが握《にぎ》り潰《つぶ》す。指先の霊素が、暴発しそうになった瞬間。

視界に入ったものがあった。

「無事ですか、ディア様!?」

「いったぁ!?　リオ、動かないでってば!?」

ディアを押しのけ、瓦礫《がれき》から庇《かば》おうとするリオ。逆にディアはリオを庇おうとして身を乗り出し、互いに額をぶつけている。美しき主従愛、と言うべきだろうか。

エミーが口を大きく開いた。

「――リ」

「なに、何だと？」

くるくると、エミーが舌を何度も空回らせ、ようやく声を上げた。

「リリリリリ、リオきゅん！　着いてたなら言ってくれれば良かったのにぃ！　ごめんね、ごめんなさいね、出迎え出来なくて！」

アネルドートの困惑も置き去りに、エミーはリオへと飛びついた。数段はあった階段を飛び降り、体格だけで言えば自分とそう変わらないリオを全身で抱きしめる。途端、リオはあわあわと全身を跳ねさせた。明らかに怯《おび》えている。

「ひゃい!?　い、いいえ、エミー、様。大丈夫、大丈夫です！　マミーさんから頂きましたし！」

「でもでも、本来なら主たるわたくしが出迎えるべきでしょう！　今日リオきゅんの試合日だって聞いて心配してたの！　どう、怪我はない？　安心して、リオきゅんの為ならお薬幾らでも使っちゃうからね！」

　エミーに無理やり立ち上がらされながら、そのまま抱きすくめられる。リオはもはや自分の身体の制御も出来ず、エミーに振り回され続けるだけだった。

　闘技者奴隷、という立ち位置から考えれば望外の歓迎と言えるだろう。白目を剝《む》いて震え続けているリオがどう思っているかは、まさに神のみぞ知る事だが。

「――人間相手に、ご執心な事だな。ハーレクイン卿《きょう》」

　そんな、一瞬の感情の狭間《はざま》を縫いつけるように。アネルドートが視線をリオに向けた。反射的にリオの背筋が固まる。蛇に睨《にら》まれた蛙、という表現は相応しくない。リオが蛙であるならば、彼女は竜だ。

　全身から滝のような汗が流れ出る。無意識の内に、瞼《まぶた》の瞬きが止んだ。

　しかしアネルドートはくすりと、頬を不敵に緩める。小馬鹿にするように、言った。

「勘違いするな、人間。お前のような子犬を相手にする気はない。ただ白けただけだ。ハーレクイン卿、これで失礼する。次会う時は議会だろうな」

「……ええ。貴女の考えに賛同される方がどれほどいるか、知りたいものですわね」

「それは卿の方だろう。人間に入れ込みすぎだ。近頃は分を弁えず反乱紛いの事をする輩もいる。人間は、徹底して管理すべき家畜に過ぎない」

だらしなく緩めていた表情を、エミーが強く引き締める。アネルドートの言葉は、人間管理主義者がよく口に出す物言いだった。

人間に対する徹底した管理と飼育。それこそが精霊にとっても、人間にとっても良い環境なのだと彼女らは語る。時に精霊に制圧された地域で人間が反乱を起こすのは、無為の自由を与えられた事が元凶だ。人間は自由を有意に使えない生物。ならば、自由を与えない事こそが彼らに対する慈悲なのだと。

「それに、人間は『霊腐病《グリード》』の原因でもある。管理するにこしたことはない」

「俗説に過ぎませんわ。わたくし、確かでない事は嫌いですの」

「人間を抱えたままでは、情にほだされたようにしか見えんよ、卿」

より強く、エミーはリオを抱き寄せた。危険性などないのだと、そう主張するかのようだった。

かつり、かつりと足を鳴らし。アネルドートは玄関口まで降りて来る。頬に笑みを浮かべたまま、言う。

「決めるのは常に議会だ。お互い、主張があるのならば議場でにしよう。卿の甘い言説が認められるならば、の話だがな」

マミーが開けた扉に向かいつつ、アネルドートは一瞬ディアへも視線を向けた。

「土臭いウッドエルフか。人間を闘技奴隷にするなどというお遊び、身の程を知ってやれ。闘技者への侮辱に他ならない」

第四階位に過ぎないディアは、アネルドートの前で顔を上げる事は許されない。跪《ひざまず》き、顔を伏せたまま答えた。

「……申し訳ありません」

「ふん」

アネルドートはそのまま、マミーに導かれて外へと出ていく。悠然と、しかし力強い足取り。

第一階位、オーガの勇者。アネルドート＝オルガニアは誰に対しても、退く事を知らない。彼女の行き先は常に、頭を垂れるものか、嵐の痕《あと》しか残らないのだ。

＊

「ごめんね～リオきゅんッ！　本当ならリオきゅんが来る時間帯は絶対あけてるんだけど

ぉ。あの乱暴オーガがどうしてもって言うからさぁ。本ッ当参っちゃうよねぇ」

場所は、エミーの執務室。本来なら外部の人間を持て成すのは応接間であり、執務室はより私的なスペースだ。

ここに迎えられたリオとディアは、エミーに近しい存在と認められていると言って良い。

「い、いえ。全然、全く、問題ないです。こうしてお時間を頂けるだけでもじゅ、十分ですし」

「もぉ〜リオきゅんったらいい子ね！　大丈夫？　ちょっとだけ血を貰《もら》っても良い？」

「え、ええ……ぼ、僕のをお望みなら」

「冗談冗談、そんな事ここでしたら変態だもんね〜」

エミーはリオを抱きかかえたまま、執務椅子に座りながら満足気に頬を緩めている。ちらりとその紫瞳がディアを時折見つめるが、流石にディアとしてもここで出ていく選択肢はない。

何せ、当然エミーはリオが男であると承知しているし、その上でこうやって接しているのだ。ここでディアの視線がなくなれば、何をしでかすか分かったものではない。下手をすれば、大事な闘技者の一人が、帰ってこなくなってしまうかもしれなかった。

その上で、ディアは思う。今の時点でエミーのやっている事は十分に変態的だ。

ヴァンパイアの吸血とは即ち、性的行為に近い。奴隷相手とはいえ、昼間から話題に出す内容ではない。

リオはその事実に気づいていなかった。勉強熱心な彼に、ディアが敢えてヴァンパイアの習性だけは教えなかった成果だ。

エミーがリオに入れ込んでいるのも、この成果が一因になっているはず。

というのも、リオ相手には積極的に見えるエミーだが、実のところ彼女は全く男慣れしていない。緊張からすぐに下手な事を口走っては、相手を凍り付かせてしまうのだ。

最初、ようやくディアが伝手《つて》を辿《たど》ってリオと共にエミーに拝謁した時は酷いものだった。

高位精霊であるが故に、男慣れしていないとは聞いていたが。

『あ、あああ貴方がリオ、リオきゅん？　ど、どうかしら。お近づきのしるしに吸血して、して良い？』

最悪の対面だった。未だに婿がいないのも頷《うなず》ける。精霊は勿論、今時の人間でも顔を青ざめさせて逃げるだろう。ディアですら、リオが泣き喚くのではないかと心配したほどだ。

だがリオはきょとんとした顔で、小首を傾げながら言った。

『……？　ぼ、僕のものが、必要なのであれば？』

無知とは、時に武器である。

恐らく、エミーはその一言でリオに陥落してしまったのだろう。それからというもの、ディアの下には彼女からリオを引き渡さないかという誘いや、月に四度は連れてこいだとかいう指示が矢継ぎ早にとんでくる。

そのお陰でパトロンとして莫大《ばくだい》な支援を引き出せているのではあるが。流石にこうも間近でリオを愛でられれば、ディアとしても内心穏やかではなかった。

「エミー様、その……」

「なぁにリオきゅん。欲しいものがあるなら何でも言ってね？」

「い。いえ、エミー様には十分な支援を頂いていますから。そうではなくて、アネルドート様は、どうしてあのようにお怒りになっていたの、かなぁと？」

ただの好奇心、では無かった。ディアの言いつけだ。リオはともかく、ディアは精霊界の情報を何よりも求めている。闘技商売は、政界との繋《つな》がりが命だ。闘技大会という催しの多くが、そもそもからして議員たちの人気取りに過ぎない。民衆にとって闘技はこれ以上ない娯楽であり、だからこそ議員たちは闘技者のパトロンとなって業界に金を注ぎ込む。

そうして政界というものは、何時いかなる時も情報が命。

ディアが今まで生き残ってこれたのは、呑気《のんき》なようでありながら、ある種のしたたかさも持っているからこそだろう。

エミーはちらりとディアを見ながらも笑みを絶やさずに応じた。口調が、綻《ほころ》んだものではなく平時のものに戻っていた。

「……ええ、大した事ではないのだけれどね。ディア、貴女にも伝えておきますわ。最近、人間達の反乱が続いてるのは知ってるでしょう」

「耳には入っています。解放奴隷を中心に、各都市や村落で賛同者を集めているとか何とか。名乗っている名が――」

「――『正義解放戦線《コンクラート》』。愚図ほど、『正義』という響きが好きなものでしてよ。どうやらソレが、この公都にも巣を張っているらしいのです」

驚いたようにディアは長い耳を動かしたが、全く察する所がなかったわけではない。公都で人間をやけに見かけるようになったし、最近人間を取り締まる役人の数も多くなっていた。リオに対する視線が強くなっていたのは、その所為もあるのだろう。宿場の闘技大会でも、随分と書類を求められたものだ。

「アネルドートは、その事実をもって人間の管理強化を推進させるつもりでしてよ。今夜の百霊議会で、正式に議案として提出するようですわ。何処まで強めるか、は分かりませんけれど。今のように自由に出歩く事は不可能になるでしょうね」

「っ、それって、つまり」

反応したのはリオだった。思わず黒く艶《つや》のある瞳を見開き、唇を跳ねさせる。

「ああ大丈夫よ！　リオきゅんは必要ならわたくしの館にいれば良いんですもの。ええ、それが一番よ！　今すぐでもいいはずよ！」

「い、いえそうではなく。——それは、僕が闘技者ではいられなくなる、という事ですか」

「ふぅむ、そうねぇ」

エミーはヴァンパイア特有の牙《きば》をかちりと鳴らした。彼女が考え事をする時の癖だ。そうしてその頭脳は、いかに溶けきっていても百霊議会の議員である。もう一度牙を鳴らして、結論を出した。

「難しいでしょうねぇ。今はまだ人間の闘技者もある程度いるけれどぉ、それは一時とはいえ武器を持たせる事でしょう。アネルドートは『強硬派』だからねぇ、本当に牧場に集めて管理化するくらいの事言い出しかねないわ」

人間牧場。人間を一か所に囲い集め、徹底管理を行って反乱者や治安を乱すものを出さない施策。精霊界ではよく持ち出される言説だ。

と言うのも、前例がある。つい千二百年ほど前、当時の精霊王ガーネットが人間を解放するまで、人間は精霊の家畜に過ぎなかった。時に愛玩《あいがん》され、時に慰み者にされ、時に踏みにじられ、時に食われる家畜であった。

今では身分を買い戻す事が許され、自由人となる事も、時に精霊と婚姻を結ぶ事もある。再び人間を家畜化するなど、余りに時代遅れ。言うなれば、アネルドートは時代の針を、一つ過去に戻そうとしている。

「まぁ、そこまではさせないわ。もうそんな時代ではないのですもの。だから安心してリオきゅん。まぁ、闘技者はやめる事になっても、他に一杯出来る事は——」

「——それでは、駄目なんです。僕は、闘技者でありたい」

最初にディアが、次にエミーが目を大きくした。

リオという少年は、殊更に自分の望みを言わない人間だった。むしろ顔を俯《うつむ》かせている事の方がずっと多い。けれど今だけは顔を上げ、強く言葉を漏らしていた。

「……どうしてそんなに闘技者を続けたいの？　闘技者なんて危険で、野蛮で、リオきゅんみたいな子には似合わないわよ」

それは、リオの内心に踏み入る問いかけだった。しかし瞳が真っすぐにリオを見据え、虚偽を許さない。

如何《いか》に惚《とぼ》けようと、相手は第一階位の魔。精霊貴族ヴァンパイア。リオは反射的に喉《のど》を鳴らしながら、言った。

「——強くなる必要があるからです。それこそ、竜にだって勝てるくらいに」

嘘は、言わなかった。決して虚偽ではない。しかし、全てではない。

「んぅ？　その言葉がどういう意味か、分かっているのかしら」

その物足りない言葉に、感じる所があったのだろうか。エミーはぐいとリオの顎《あご》を指先で捕まえる。

永遠に続きそうな刹那《せつな》の時間、じぃと奴隷の瞳を貴族の視線が貫いた。

次には、彼女の両腕が強くリオの身体を抱き寄せる。

「……勿論《もちろん》、良いわよ。それがリオきゅんの夢だって言うのなら、協力してあげる。わたくしは、リオきゅんのパトロンなんだもの」

囁《ささや》くように、嘯《うそぶ》くように、エミーが言う。

「但し、わたくしを裏切ることは許しません。よろしくて？」

それは硝子《ガラス》の針。しかし心臓に突き刺さった瞬間、鉛となって全身を這《は》いまわる。

「――裏切るなら何時でも地の底へ叩き落としてあげますわよ」

確かに、害意ではない。それは無邪気な苛立《いらだ》ちというべきだ。

可愛がっている子犬が、自らの意図に沿わなかった時。飼い主が仄《ほの》かに見せる感情の波打ち。

ただそれだけのものが、人間の全身を硬直させる。高位精霊の意志は、霊素を伝い空間そのものに作用する。

「なぁんて、冗談よ冗談。ほら、お菓子を食べましょう。そんなリオきゅんには丁度良い話もあるわ。マミー！」

ぱんぱん、と優雅に両手を叩《たた》き、使用人を呼ぶ。邸宅には大勢の使用人が控えているはずだったが、リオが知る限り彼女はマミーしか呼びつけない。

元人間であるマミーなら、リオも親しみやすいだろう、という配慮だった。執務室の重厚な扉が、気軽に押し開かれる。待ち構えていたかのようなタイミングだ。

「へぇい、マイマスター。従僕が参りましたぜ。高級な茶菓子とティーを持ってね」

「ご苦労様。貴女、その無駄に意味不明な口調は早くなおしておきなさい」

「そいつは無理ってものでマイマスター。馬鹿は死んでも治らない。この通り、死人となった今も治りませんぜ」

エミーはもはやため息を漏らす気力すらなくなって、マミーが執務机に茶菓子とティーカップを並べていくのを黙って見つめていた。口調はともかく、その作法は確かなのだから性質《たち》が悪い。

執務室とはいえ、来客用のテーブルやソファも用意されていたが、エミーはそこには座らず執務机の上で茶を飲む事を好む。蝙蝠《こうもり》から生まれた血脈が、無意識に広いスペースを拒むのだろうか。

「ほらリオきゅん。食べて食べて！　東方の雷帝国から取り寄せたお菓子よ。船を渡ってくる砂糖菓子なんて、そうは簡単に食べられないわ」

白い粘液でコーティングされた三角の菓子は、確かにリオが見た事はないものだった。驚愕《きょうがく》なのは、手で握《にぎ》り潰《つぶ》せるほど小さいのに、彫刻を思わせる模様が丁寧に刻み込まれている。しかも、一つ一つが全く違う模様なのだった。

与えられるまま口にしてみれば、仄かな苦みの次に舌が溶けたと勘違いするほどの甘味が来た。眼を白黒させるリオの反応を楽しむように、エミーが言った。

「悪くないでしょう。贔屓《ひいき》にしている職人の品なのよ。リオきゅんが気に入ったのなら、また仕入れてもいいわね」

これで『悪くない』程度。相変わらず、住む世界が違うとリオは実感した。庶民にとっては、砂糖を使っただけでも十分贅沢品《ぜいたくひん》だというのに。砂糖の塊を、更に砂糖で塗り固めたような菓子、きっと庶民ではどう足掻《あが》いても手に入らない代物だ。

「ええと、それで。僕にも、良いお話というのは――？」

舌が甘さで馬鹿にならないよう、リオは早々に話を切り出した。それに、こちらから口を出さなければエミーが話す事を忘れてしまうのは何時もの事だ。

数秒目を瞬かせながら、エミーは思い出したように口を開く。細い指先が、彼女の口元でくるりと動いた。

「そうそう。忘れる所でしたわ。マミー」

指をぱちん、と鳴らしてエミーは従僕に合図をした。

――数秒の沈黙。もう一度指が鳴る。はて、とマミーが首を傾けた。

「え、なんですマイマスター？」

「なんですじゃなくてよ!?　告知文よ告知文！　持ってきなさい！」

「あ～、ちゃんと言葉で言って貰《もら》いませんと、分かるものも分かりませんぜメェーン」

頭を抱えたエミーがリオの視界に入ってくる。相性が良いのか、それとも悪いのか。今一分からない主従だ。

しかし、マミーが言う事を聞かないというわけではない。むしろ忠実すぎるほどに忠実だ。

数分もすれば、彼女は両手で抱えきれないほどの羊皮紙を山積みにして執務室へと戻ってくる。

「……何それ」

「耄碌《もうろく》しましたかいマイマスター。告知文ですよ。数十年前のものからまるっともってきやがりました」

「最新のものだけに決まっているでしょう！　お馬鹿さん！」

怒りの余り宙を飛ぶティーカップ。完璧《かんぺき》にキャッチする死人メイド。こういった形式が、彼女らのコミュニケーションなのかと勘繰りたくなるほどだった。

「ええと、ほら、それよそれ。開きなさい」

羊皮紙の内、最も新しいものを指さし、エミーが言う。

ゆっくりと、黒いインクで彩られた文字が露わになっていく。

内容は、百霊議会議長クライムによる――冠上闘技《オリジン・リトリウス》の開催告知文。

「冠上闘技、ですか。本気で？」

応じたのは、リオよりディアの方が早かった。エミーは軽く喉を鳴らし、笑みを見せて言う。

「ええ。唯一正統で、誉れある闘技よ。五十三年ぶりの開催は、慎重なクライム閣下にしては思い切った判断だったんじゃないかしらね。市民への正式告知はまだ先でしょうけど、議員にはもう話が通ってる」

唯一正統で、誉れある闘技。賛否ある評価だが、高位の精霊たちは大抵似かよった物言いをする。

曰《いわ》く、他国にも広がる数多《あまた》の闘技大会なるものは、冠上闘技の猿真似に過ぎない。

真に誇りを有し、栄華を有するのは、この世界で最初に行われた闘技大会——冠上闘技以外にないとそう語るのだ。

事実、冠上闘技が一種のブランドを有しているのは間違いない。他国から参加を望む者も大勢おり、国家の枠組みを超えた祭典にすらなっている。

エミーは、事もなげにこう呟《つぶや》いた。

「——リオきゅん。わたくしが、この祭典への参加者に貴方《あなた》を推薦してあげる」

「え——?」

またもや、反応したのはディアだった。

それも当然だ。冠上闘技に関する理解は、リオよりもディアの方がよほど深い。

世界規模と言って良い祭典。生半可な腕の闘技者を参加させるわけにはいかない。とすれば、参加者は必ず選別される。

即ち、王侯貴族や有力者からの推薦を受けなければならない。名の知れた闘技者には、必ずパトロンがついているもの。むしろ支援者を獲得出来ない闘技者など、その時点で腕が知れている。

「百霊議会の議員は全員、一枠の推薦権を有しているのは知っているはずでしょうディア。

アネルドートのような精霊は自分で出場するつもりかもしれないけど、わたくしはそんな蛮行いたしません。ですので、貴方が条件を満たせるのなら、与えてあげる」
「そ、れは……」
願ってもいない事。喉から手が出るほどに欲しい権利。
時には幾万もの金貨が動くと言われる、冠上闘技への出場権。それを人間の身分で与え
られるなんていうのは、幸運と呼ぶことすら憚《はばか》られる。
「もしも冠上闘技で人間であるリオきゅんが実績をあげれば、わたくしが百霊議会で演説
をしてあげるわ。人間は自由を与えるに値する種族である、とね。議員たちも、実績さえ
あれば認めざるをえない。――けれど」
ぴしゃりと、リオの胸中にあった甘美な期待をかみ砕くように、エミーが言う。細長い
指先が、リオの唇を撫《な》でた。白い手袋の感触が、やけに熱く感じられた。
「そこで無様な戦いをするようであれば、それでおしまい。いかにわたくしでもアネルド
ートを抑えきれませんわ。彼女の思惑は達成される」
指先が、リオの眼前で鳴る。
「その時は、リ、リオきゅん。そう、そうよ。貴方は、貴方はわたくしの子飼いになる―
―これが出場権を与えてあげる条件の一つ。でも安心して？　牧場に預けるなんて野蛮な

事は致しません。わたくしの邸宅で、わたくしの手で管理してあげますわ」

まさか、対価も無しに、蜜《みつ》が与えられると思っていたわけではないでしょう。

エミーの瞳《ひとみ》が、どこか重みを伴って輝いていた。粘性の泥を彷彿《ほうふつ》とさせる、魔性の笑み。神霊との繋《つな》がり、精霊としての強大さ以上に、政治手腕によって精霊界で影響力を保持するハーレクインの末裔《まつえい》。彼女の狡猾《こうかつ》さの一端が、眦《まなじり》から零れ出ている。

リオは、一瞬その視線に呑《の》まれた。喉《のど》が渇き、思わず眼が固まる。

「――承知しましたハーレクイン卿《きょう》！　全て、問題ございません！」

「……」

だが、リオの主たるウッドエルフは、毅然《きぜん》とした様子で応じる。

ただの一つも、迷いなどないと言うように。エミーが無言のまま、酷く気分を害した様子でディアを見つめる。

表情が、所作が、空気が。言外に語っている。

――貴様如きが、話に嚙《か》みついてくるな。不愉快極まる。

第一階位のヴァンパイアと、第四階位のウッドエルフ。比べる事も烏滸《おこ》がましい存在の格差。

アネルドートが同じ立場であったなら、ディアの首をねじ切っていたかもしれない。

　しかし、エミーは鋭い牙《きば》を軽く鳴らすだけで終えた。

「よろしくてよ。欲しいものがあるのなら、自ら手を伸ばして摑《つか》みなさい。そういうのが、わたくしの好みよ」

STATUS

種族名
ヴァンパイア

階位
第一階位

恩寵
千変

階位思想が生まれる前から、ヴァンパイアは貴族階級に叙される事が多かった。
姿を変え、時に他者を取り込む彼女らの姿は、精霊界においても威容であり、畏怖と尊敬を勝ち取る事が多かった所以と言える。

有する『力』に反して、静寂を望む種族であり、政治に長ける者が多い。
その起因が、暗い洞窟と夜闇での活動を愛する血吸い蝙蝠であったゆえであろう。

第二章／役者は踊る——人であれ精霊であれ

「あばよボォーイ。もう二度と来るんじゃないぜぇ」

マミーのどこか的が外れた送迎の言葉を聞きながら、リオは巨大な邸宅を後にする。

ふと振り返ってみると、今まで自分が入っていたとは到底思えない。明らかに奴隷が踏み入る事を許されない場所だ。

そこに踏み入っていた事実も、冠上闘技への出場権の話も、全てが白昼夢でした。そんな話の方が、よほど現実感がある。

「リオ」

邸宅から数分歩き、大通りから小道に入り込んだ頃。精霊の影が殆《ほとん》ど見えなくなってから、ディアはそう呼びかける。

「はい、ディア様」

銀髪が風を受けて、はらりと揺れ動く。合間から見え隠れする碧眼《へきがん》は、感情が読みづらい。他種族と異なり、瞳孔《どうこう》や眼球の動きがごく僅《わず》かであるためだ。

表情も大きく動かす事を好まない事から、エルフは感情の揺らぎが少ない精霊であるとよく誤解を受ける。けれどディアは、頬をにぃと歪《ゆが》ませて言った。

「見た？　桁違《けたちが》いでしょう、高位精霊は」

誰を指すのか、リオは問わなかった。リオは当年十六歳になるが、ディアとは十年近い付き合いがある。彼女の性格を知るには、十分な時間だった。

「冠上闘技で出てくるのは、ああいった類よ。ハーレクイン卿はあれでいて怪物だからねえ。理解した上で、君に条件をつけてる」

「つまり、出場はさせても良いけれど、どうせ、僕が活躍する事はないと」

権威も歴史もある精霊たちのための闘技大会。そこに能力も霊素も劣る人間が突如出場し、活躍を示して人間という種族を精霊たちに認めさせる。

素晴らしく、美しく綺麗《きれい》な英雄物語だ。現実が酷く冷淡だという部分を除けば、完璧とさえ思える。

「ええ。百霊いれば、百霊ともに思うでしょうね。人間！　それもウッドエルフ如きが率いている訓練場の輩が、冠上闘技で勝てるはずがない！　所詮《しょせん》は見世物だ。精霊に痛めつけられて、屈服させられる無様を晒《さら》すだけ！」

碧眼が、リオを見つめる。リオもまた、帽子を脱ぎ真正面からディアを見た。互いに、出会った日の事が脳裏を過る。

片や、奴隷として売りに出された取り柄一つない人間。片や、帰るべき故郷も統治すべき領地も失ったウッドエルフ。

「そんなものよ。誰も彼も、種族で値付けをされる。東方の雷帝国も、南方の騎士列国だって変わりはない。実際、そう間違ってるわけでもないわ。種族の差は、そう簡単に覆せるものではないもの」

「だから、今回の事はやめろとそう仰ってます？」

碧眼が、くしゃりと形を変えた。

「だとしたらどうする？」

「ディア様のお言葉でも、受け取れません。常識で考えて不可能だから諦める、というなら、そもそも僕は闘技者になってませんから」

そうだ。だからこそ、屈辱を噛みしめて女装などをしているのだ。

ディアは満足げに頷《うなず》いた。

「その通り。私も同じだよ。やらなきゃいけないから、ここにいる。当然に出来る事、誰にだって出来る事なら、誰かに任せておけば良い。私達は、私達にしか出来ない事をしよう」

リオが、現実を見ない甘ったれであるならば、ディアは白昼夢を現実と断じる異常者だ。ディアの生まれ故郷たる神樹の森は、五百年前の大戦の折に焼け落ちた。その地に住まうウッドエルフは多くが焼け死に、生き残った者も各地に散ってどこにいるかすら分からない状態。

存在したはずの王家も、王権も全て散逸した。

――たった一人の、娘を残して。

姫君であった娘は、その身を地の底に落とされて尚、生きねばならなかった。辛酸を嘗《な》め、泥を啜《すす》り、土臭いウッドエルフと嘲笑《ちょうしょう》されながら都市を転々として生き延びる手段を探す。

それが、自らに与えられた義務であると彼女は受け取っていた。王家たる者は、たとえ尊厳を踏みにじられても、死んではならない。

生きて、生きて、生きて。その血を絶やしてはならない。

祝福であり、呪いたる血。都市に出て、自らが神樹王家の血筋であると名乗らなかったのは、彼女の最後のプライドだったのかもしれない。

「良いリオ。私は必ず、自分の王国を取り戻して見せる。そのために、訓練場を作った。

あそこは、私の最初の領土なの。種族によって区別しない、誰もが上を向ける最高の国」

何時しか、そのプライドが常軌を逸したとして、おかしな事はなにもない。

「君は言ったね、人間でありながら、大陸で一番の闘技者になる。私は放浪の身に堕ちながら、再び私の王国を取り戻したい！　良いね！　どっちも世迷い言で、どちらも正常なままでは出来ない！」

「ええ、ですけど僕はどちらも実現できると信じています」

一拍を置いてから、ディアは言う。

「──その通り。現実なんて、泥を塗ってやるくらいでちょうど良いのよ」

リオは帽子の縁を軽く弄りながら、再び歩き始めた彼女の後ろを追う。もう一言も発せられる事は無かった。

ディアは時折、このように感情を大きく昂《たかぶ》らせる。多くは、リオと共にいる時だった。身分の違いはあれど、十年前のあの時から両者は同胞だ。

リオにとってはそれが嬉《うれ》しくもあり、寂しくもある。感情の発露が、彼女との関係性は決してこれ以上に進まないという証左にも見えた。

十数分ほど小道を歩けば、ディアの根城たる『訓練場』が姿を現す。大きくはないが、訓練場として最低限の門構えは整っている。

「おかえりなさいませ、訓練長殿。遅かったですな」

「パトロン様のお話があったものだからね。無下には出来ないでしょう」

訓練場に入ると真っ先に受付兼留守役のドネットが声をかけてくる。

闘技者達は訓練の時間だ。庭先で木剣や木槍《きやり》を振るっているのだろう、休憩所側になっているロビーや休憩所はがらんとしていた。

「リオ殿も、その調子ですと怪我はないようで」

「ええ。何とか」

ドネットは口元に蓄えた白髭《ひげ》を愉快そうに動かして言った。彼は種族にしては高い背を軽く伸ばし、ディアと二、三事務的な言葉を交わす。

ドネット。種族ドワーフ。細かく言えば北方生まれの彼はバレットドワーフと呼ぶらしいが、彼ら以外はそんな違いに目を向けていない。第六階位の彼は、一般的な市民階位と呼ぶべきだろう。

ディアは訓練場の切り盛りの多くをドネットに任せていた。彼がドワーフらしく金の勘定に長けていたのもあるし、何より闘技者の扱いが上手かった。

訓練場という商売は一も二もなく、闘技者をどう集め、どう扱うかという点に尽きる。所属する闘技者が闘技大会で勝利すれば、訓練場の名も高まり、闘技者も集まってくる。

反対に闘技者が負け続ければ、知らぬ間に闘技者は離れていく。パトロンだってそうはつかなくなるもの。

だからこそ公都に乱立する訓練場は、あれやこれやと手を使って名の通った闘技者を集める。

設備や闘技教師の質で呼び込むのならまだマシな方で。力を背景にした脅迫や、他訓練場から有力闘技者を大金で引き抜くなんてのもよくある話。綺麗事よりも、汚泥に塗れた話の方がよっぽど多いのもこの界隈《かいわい》の特徴だった。

「そういえば、休憩所の一部が雨漏りしてるって聞いたわよ。私が修理しておくわ。ドネット、道具を貸して頂戴《ちょうだい》」

「……い、いえ、そのような修理を訓練長殿にさせるわけにはいきませんわい」

「大丈夫よ。これくらいやらないで、訓練長なんて名乗れないわ！」

その中で、ディアは心配になるほど真摯《しんし》な生き様を見せてくれる。それこそが、ディアがリオをはじめとした一部の闘技者から信頼を勝ち得た理由の一つかもしれない。

訓練場の修理を自らしようとする訓練長など、そうはいない。まぁ——ディアの場合、大抵修理をしようとして破壊してしまう悪癖はあるのだが。

必死に止めようとするドネットと、修理道具を持ち出すディアの姿はもはや日常風景だ。

頬を緩めつつ、リオが言う。

「ディア様、それじゃあ僕も訓練に行ってきます。身体は、そこまで動かしてませんから」

「いいけど、明日《あした》も闘技はあるんだからね？　理解した上で訓練する事！」

ディアの言葉を背中に受けて、訓練庭へと出る。

さて、公都には数多《あまた》の訓練場があり、興隆を極める所もあれば、衰退の一途を辿《たど》る所もある。果たしてエルギリム訓練場がどちらかと言えば、後者だろう。

「……ここは静かで、好きではあるんだけど」

思わず、ぽつりとリオが漏らす。裏手に用意された訓練施設は、決して質の悪いものではない。実際に闘技で使用する防具が用意され、闘技者は好きに使用できる。広さや物資の充実具合も、必要な程度は揃えられていた。

上等、とは言わないものの中等程度の設備はあるだろう。

けれど、リオが目にした闘技者は両手で数え切れる程しかいない。用意された訓練施設は二十名以上が使用できる作りになっているのに、だ。

仕方のない事だった。エルギリム訓練場の知名度の問題もあるが、本当に腕の立つ闘技者が入って来た場合、数度闘技で勝利した後にすぐ他の闘技場に引き抜かれてしまう。本来、訓練場を経営するのは第二、第三階位の者らが多いのだ。根本的な資金力やコネクシヨンで劣るディアは、闘技者の引き抜きに抵抗出来ない。

今ここに残っているのは、雇用主であるディアに恩義を感じているか、もしくは殆ど新人に近いものだけ。

その事情を思うと、訓練用の木剣を握るリオの手にも力が籠《こも》った。

今度の冠上闘技だけではない。リオは勝利し続けなくてはならなかった。敗北が続けば、闘技者は勿論《もちろん》、訓練場にも金は入らなくなる。訓練場が立ち行かなくなれば、ディアもいずれはリオを手放す必要が出て来てしまう。

エミー辺りなら、良い値で買い取ってくれる。いいやそうでなくても、娼館に売り飛ばせば相応の値が付くはずだ。人間にそれを拒絶する術はない。この世界はそんなふざけた理屈で回っている。

リオは腰の大剣を降ろし、長い木剣を振り上げる。眼前に据えるのは訓練用の打ち込み台。一般的な精霊の体格を模してある。

呼吸を、一つ。足首を駆動させ、膝《ひざ》を固定し、腰を回転させ木剣を躍動させる。

一秒の間。頭蓋《ずがい》、心臓、手足。それぞれの箇所へと木剣が突き込まれた。

しかし、まだ足りない。精霊の膂力《りょりょく》であれば、霊素であれば、この程度の連撃を受けたとしても動いてくる。ありとあらゆる種族を想像し、ありとあらゆる相手を想定する。

もう二度と、今日みたいなふざけた勝ち方はしない。実力を、ディア相手にだって認めさせる。

「一つ、二つ、三つ。一つ、二つ、三つ」

口先でリズムを刻み、まるで中空に何度も線を描くように、リオは木剣を振るう、振るう。今日、小規模とはいえ闘技大会を終えて来たとは思えない打ち込みようだった。

――根本的に人間は霊素《マナ》が精霊《わたしたち》より少ないんだから。なら、使う手を増やすのは大事よ。強者を倒す為なら、使える手はなんでも使う。そうでしょう？

ディアの言葉が、骨身に染みる。しかし、ではどうすれば良いというのか。

苛立《いらだ》ちすら覚えながら木剣を再び振り上げんとするリオの腕を、押し留める手――いや、脚があった。

「リオ、今日も無意味にお稽古《けいこ》か。懲りねぇなお前も。早く闘技者なんかやめたらどうだ？」

リオの両腕を、片脚であっさりと押さえ込みながら女は言った。白頭鷲《はくとうわし》を思わせる清々しい白髪が視界に入る。

訓練場の闘技者、アエローだ。

「何とか言えよ。私の声が聞こえねぇわけじゃないんだろ。ええ？」

「………」

「何か言えよ⁉」

アエローは不機嫌そうに舌打ちをしながら、猛禽《もうきん》の瞳《ひとみ》でリオを見据えた。彼女は何時だってこうだ。

長い白髪に、鋭い黄瞳。闘技者と言うには華奢《きゃしゃ》と言って良い体格。女としての美貌《びぼう》を持たないわけではないが、余りに苛立《いらだ》たし気な雰囲気と鋭い双眸《そうぼう》が他者を離れさせてしまう。だが、彼女を決定付けるものは容姿や体格では無かった。腰元から誇らしげに生えた巨大な翼こそ、彼女の全て。

種族、ハルピュイア。第五階位。精霊の中でも多くない、空を領域とする種族。

「訓練中は無暗に、話しかけないってルールでしょう？」

「こ、の野郎！　てめぇ、私には生意気だよなぁ⁉　私の忠告が聞き入れられねぇのか、ええ？」

鋭い爪を有する右足が、ぐいとリオの首筋を摑《つか》み込んだ。彼女らの種族は、手より足の方がよっぽど器用に作られている。

「ふ、ぐ――ッ⁉」

「ハッ！　私の脚一本で黙らされる奴が、よくも闘技者なんて名乗れるもんだ。私は厚意で言ってやってんだぜ。人間の闘技なんざ、危なっかしくてみてられねぇからな」

アエローは片腕でリオをつり上げ、首をゆっくりと締め付ける。両脚が浮いた宙づり状態では、ろくに抵抗も出来なかった。いいや、たとえ両脚が地についていても同じだっただろう。

ハルピュイアは決して膂力に優れた種族ではないが、脚で摑み込む事にかけては他の追随を許さない。リオが全力で抗ったとしても、正面からでは彼女の片脚に決して敵わないはずだ。

首が強く、絞まる。呼吸が数秒全く出来なくなった。空気を求めて大きく声を上げると、アエローがため息を漏らす。

周囲の闘技者たちの反応は二つ。嘲笑《あざわら》うか、無視を決め込むか。

当然の事だった。リオが人間であるからだ。精霊というものは、幼少期からそのように育てられる。

——人間とは、即ち精霊の奴隷。手荒に扱った所で、一体何の問題がある。

「ア、エロー……さんッ！」

「あァん？　言っておくが、お前がディア様に気に入られてるからって手加減はしねぇぞ。それとこれとは別問題だ」

多くの闘技者たちがリオに突っかかる理由とは、即ちこれだった。

人間でありながら、奴隷身分でありながら、主たるディアの寵愛《ちようあい》を受けている。その上、第一階位のパトロンまで。面白くない感情を持つには十分な理由だった。

それでいて、本人の実力は人間に毛が生えた程度のもの。アエローの脚一本で身動きが取れなくなる。

となれば、苛立ちがディアの眼の届かぬ所でリオへと向けられるのは必然だ。

その容姿をもって上位の者に媚《こ》び諂《へつら》う、くだらない人間の闘技者には当然の報いだ。

少なくとも、アエローの周囲にいる闘技者らは、そう思っているのだろう。

「ほら、どうした？　闘技なんざもうやめるって言うなら今日は許してやるぜ。お前には向いてねぇよ」

宙づりにされたままのリオは、か細い息を必死に嚙《か》みしめながら、唾《つば》を呑《の》み込んだ。

胸中にあるのは、血が沸き立つ屈辱と、焼き付くような恥じらいだけだった。

今日は、闘技で敗北しなかった。当然、搦め手を使って。

今日は、冠上闘技への出場という望外の権利が与えられた。必然、条件は付いてきたが。

正直、リオは浮かれた気分がどこかにあったのだ。自分も、少しは闘技者としての役割が板についてきたのではないか。ディアの役に、立てているのではないか。彼女に、並び立てるのではないかと。

だというのに、たかだか第五階位のアエローにすら『力』で敗北する。闘技となれば、彼女は羽を広げて空を統べるだろう、そうなればますます手は出ない。

自分でなければ、絞め殺してやりたいくらいの無様さだった。小さく、声を漏らす。闘技者としての熱が、脳に回り始めていた。

「うんうん、何だって？　言えよ、リオ」

耳を近づけるアエローに、リオは必死に喉《のど》を鳴らして言った。

「……うるさい、です。虫でも探しておいたらどうですか。ハルピュイアは、ミミズがお好きなんでしょう？」

「――ッ！」

ハルピュイアを鳥と重ねて語るのは、余りに有名な禁句だ。彼女らは翼こそ持つが、鳥ではなく風の精霊から分化した種。

鳥と同一視されるのは、種族としての根本を汚されるに等しい。

リオはそれをよく知った上で言った。多くの種族と、その特性は彼の頭に詰め込まれている。当然、勝利のために。

反射的に首を千切りそうになったアエローを押し留めたのは、理性ではなく腹部に与えられた衝撃だ。リオは首に負担がかかるのも構わず、勢いよく足先を彼女の胴に突き入れていた。

途端、首の拘束が解かれリオは地面へと投げ出される。予期すらしていなかったのだろう、アエローもまたそのまま地面に尻《しり》もちをついた。

「ア、がは……っ！　っ、ぅ」

喉に、肉を引き裂かれたような熱がある。幾ら吐き出そうと喉を鳴らしても、一向に出てこない。口内に血の味が僅《わず》かにした。しかし、リオには自由に痛みを味わう事は許されていなかった。

「てめぇ……よりによって私にそれをいう意味、分かってるんだろうな、ええ⁉」

白髪が土を払って怒気を纏《まと》う。黄眼は大きく見開かれ、紛れもなく獲物を狙う素振りを見せた。

リオは分かっている。どうせなら人間らしく、頭を垂れて彼女の言う通りにしておけばよかった。何時もの臆病《おくびょう》さに従っておけば良かった。それが最善だったのは間違いない。

しかし常に最善を選ぶ生き方なら、彼はすでにここにいないのだ。少なくとも闘技が絡むその間だけは、彼は臆病さを忘れられた。自分自身でいられた。

これから自分に立ちはだかるのは、冠上闘技。エミーから出された条件は、一つだけではない。まだこれから、やらなければいけない事は幾らでもあるのだ。

ならばこんな所で、頭を垂れている暇はない。

「アエロー、さん。僕が気に入らないんでしょう。僕だって同じです。りょ、両想い同士、やる事は一つでは？」

「……回りくどい口ぶり。それもディア様の仕込みかよ」

意外かも知れないが、闘技者は実力以上に、評判がものを言う商売でもある。

興行主は何時だって、客を呼べる闘技者を欲していた。客が求め、客から金を吸い上げられる闘技者こそ、最上だと誰もが言う。

実力を持つ常勝闘技者は、無論客が集まってくる。しかしたとえ常勝でなくとも、不思議と客の視線を集める闘技者もいるのだ。

アエローの如く軽装を纏う突撃闘士や、重厚な防具を背負った重装闘士、挑戦闘士、網闘士といった従来の分類からは完全に外れる。気迫、所作、台詞《せりふ》、まるで演劇を見ているかのように、華麗ないで立ちと振る舞いで戦う者ら。観客を魅了し、沸き立たせる者ら。

――即ち、リオのような絢爛《けんらん》闘士。

リオが喉を鳴らす。臆病さをかみ殺し、口調を整えた。自分は絢爛闘士なのだと、そう言い聞かせる。

「――だったらどうするんです。羽を翻して逃げ帰るんですか？」

地に落ちた木剣を手に取り、両手で握りしめる。普段使いの軍用大剣と比較すればやや重さは劣るし、グリップは甘い。けれど、剣身の長さだけは合致するように作られていた。

対峙《たいじ》するアエローは、リオのその様子を見てもはや互いに引く気も、引くべき場所も失った事を理解する。

闘技者間の諍《いさか》いは、どの訓練場でも禁令。犯せば訓練場を追い出されるだけでは済まず、次拾ってくれる訓練場はそうそう見つからない。

リオにしろ、アエローにしろ、ここで刃を交わし合うのは決して賢明でない判断だ。

けれど、

「……はぁ。そういう挑発か。いいぜ。乗ってやるよリオ。言ってわからねぇ奴には、身体に分からせるしかねぇからな」

「ちょ、ちょっとアエロー！　まずいでしょ！」

他の闘技者がアエローを止めようと前に出るが、彼女は軽く視線一つで払いのける。

「騒ぐなって、ただの訓練だよ。稽古《けいこ》打ちなんざ、闘技者は誰でもやんだろ」

「それは、そうだけど」

アエローの武器は両脚に装着するかぎ爪だった。訓練用の木製かぎ爪を、彼女は丁寧な手つきで装着していく。

木製とはいえ、ハルピュイアの脚力から放たれるのだ。決して甘く見られるものではない。皮膚に当たれば肉は裂け、骨は断たれる。

特に、人間の柔らかな肉体であれば。

リオは口元で、熱い呼気を漏らした。何時も通り、闘技場で見せる通りの不敵な微笑を装いながら、口の中では奥歯を必死に噛みしめる。

突然に思い出した。同じ訓練場にありながら、アエローとは何時も衝突している。お互い、反りが合わないのだろう。

——けれど正面から立ち向かうのは、これが初めてだ。

自然と指先に震えが起こりそうになる。動悸《どうき》が全身を駆け巡りそうになる。歯が、がちりがちりと音を立てそうになる。

嫌になる。闘技を前にすると、リオは何時でもこうなった。それが訓練でも、試合でも。目の前に闘技という奴が現れれば、顔面蒼白《そうはく》の小心さが胸中に漏れ出て来る。つくろえるのは、表面上だけ。

余りの情けなさから、口元に笑みが浮かぶ。自嘲《じちょう》しながら、リオはすっくと立ちあがったアエローを見据える。声色を変えないよう、細心の注意を払いながら。

「——じゃあ、やりましょう。ハルピュイア」

恐ろしいほどの臆病と小心。けれど、闘技に一歩踏み込んだリオは決してそれを相手に見せなかった。何より、観客達に気取られては絶対にならない。

自分は、絢爛闘士の役割を当てられた。勝利は闘士として当然。しかしそれ以上に、無様な姿を見せてはいけない。その為に、ディアは自分を育てたのだから。

その意志だけが、炎の息吹《いぶき》となって彼を奮い立たせている。

「——けッ。血まみれにしてやるよ」

大きな白翼が、天を突きさすように跳ね上がる。それは捻じくれた背骨を彷彿《ほうふつ》とさせた。空を摑み取り、滑空するための異形の骨。

互いの間合いは、初撃から互いを捉《とら》えられる距離。闘技の律令に基づいたその間合いを、両者は十分骨身に沁《し》み込ませている。

リオは木剣を右肩に担ぎ、左足を前へと突き出す。アエローは反対に半歩後ろへ下がりながら、両翼を更に突き上げた。

互いの呼吸を合わせるような、間。殺意とも敵意とも取れる視線が、絡み合う。

瞬間、木製の武具が線となって宙を舞った。先手を打ったのはリオだ。ハルピュイアとの戦い方を、彼は十分に心得ている。

即ち、跳躍される前に地へ落とす。少なくとも脚か、翼に傷をつける事。

彼女らの戦闘領域は、言うまでもなく空だ。万全の状態で空へと飛び立たれてしまえば、結末は語るまでもない。ただ地を這《は》う獲物は、刈り取られる運命を待つだけ。

ゆえに、ハルピュイアを前にして後手に回る闘士はいない。彼女らが隙を見せるのは、空へと飛び立つ瞬間のみなのだから。

その点、リオの行動は模範的だ。アエローが両脚に力を込めた瞬間を見計らい、木剣を振り下ろす。人間の膂力《りょりょく》と言えど、渾身《こんしん》の一撃は無視できるものではない。

──けれどその模範と言える様を見て、アエローはくしゃりと頬を歪《ゆが》めた。

所詮《しょせん》は技も芸もない振り下ろしか。意気込みだけで、何も変わりやしないじゃあないか。

喉を鳴らし、笑みを浮かべながらアエローは両脚に力を込めたまま──飛び立つのではなく、大きく右脚を撥ね上げる。

木と木が噛み合う鈍い音が鳴った。両者の『訓練』を遠巻きに見つめていた闘技者から、おお、と声が上がる。

アエローの右かぎ爪が、リオの木剣を正面から受け止めている。本来ならば上段から振り下ろした側が有利なはずだが、ハルピュイアの脚力が不利を覆した。

「ハッハァ！　人間がイキがるからこうなるんだろうがァッ！」

そのまま、アエローは右脚を真っすぐ上へと振り抜く。リオは木剣を吹き飛ばされる事は無かったが、完全に体勢を崩し、二歩後ろへと下がった。

その隙を、アエローは見逃さない。再び大地へと付けた両脚へと力を籠《こ》め――そのまま空へと飛び立った。白い大翼が、風を受けながら宙を駆る。彼女が纏う速度は、明らかに大地での動きより素早い。

ここが、大空こそが、我が領地なのだと主張せんばかり。

「さぁて、命乞《いのちご》いでもしてみるかぁ、リオォ？」

けらけらと嗤《わら》いながら、アエローは両のかぎ爪を勢いよく動かす。無論、許すつもりなどない。人間の分際で、ハルピュイアたる、精霊たる自分に盾ついたのだ。多少は痛い思いを味わわせなければならない。

この時、アエローはまだその程度しか考えていなかった。リオが、顔を絶望の色に染め上げているとしか思っていなかった。

しかしリオは、絢爛闘士らしい不敵な様子で言う。

「空を飛べて、よほど嬉《うれ》しいみたいですね。『鳥』は『鳥』らしく。そうやってる方が似合ってますよ」

アエローの眦《まなじり》が裂けんほどに、瞳《ひとみ》が見開く。

生物は、物事が自分の望んだとおりに行かぬ事に最も苛立《いらだ》ちを感じるもの。特にアエローは、その特徴が顕著だと言って良い。

爪を鳴らすは癇癪《かんしやく》の証。頭髪の逆立ちは彼女の気位の高さを示すもの。

リオが発した言葉よりも、その態度に対してアエローは腹に据えかねていた。

今まで私に抗った事など一度も無かった癖に。リオの癖に。

――生意気だ。

小癪《こしやく》だ、不遜《ふそん》だ、思い上がっていやがる。

ディアとの付き合いはリオの方が長くとも、闘技者としての実力は私の方がずっと上だ。闘技者として、多くの事を教えてやった恩を忘れやがって。

闘技者をやめろ。誰の為を想って、言ってやっていると思ってるんだ。

がしゃりがしゃりとかぎ爪が鳴る。獲物を一息に食い破らんと、空の狩猟者が狙い澄ます。霊素が彼女の全身を覆い、世界が彼女を寵愛《ちようあい》する。

ハルピュイアの受け取りし恩寵《おんちよう》は『風舞』。風を身に纏《まと》い、風と共に生きる事を許され、義務付けられた者ら。風の扱い方について、彼女らの右に出る者はいない。

相対する絢爛闘士は弱さを隠すように微笑を湛《たた》え、木剣を両手で摑《つか》み今度は剣先をぐいと突き上げる。

受けて立つ、とそう言うのだ。逃げ惑うのでも怯《おび》えるのでもなく。

その様子が、ますますアエローの癇癪を強く揺さぶる。

もう良い。もう良かった。そこまで不敵に、絢爛闘士を演じるのなら。こちらも突撃闘士としての真髄を見せてやろう。

呼気を、唇から吐き出す。

「コォ――ォ――ッ！」

突撃闘士の防具は、余りに儚《はかな》い。防具と言えるのは手足につけた具足のみ。兜《かぶと》は付けず、胴体を守る鎧《よろい》は勿論《もちろん》、革装備すら殆《ほと》ど身につけない。衣服よりやや丈夫、そんな布地の闘技服のみ。

だが、だからこそ。彼女らは一度放たれれば他の闘技者の追随を許さない。空を滑空する一矢の如く、闘技場を疾駆する。

アエローが、風を纏い、風と一つになり――果てには風となって穿《うが》たれる。空と地上、馬数頭分はあったリオとの距離を、瞬く間に食い破る速度。

まさしく精霊的。まさしく超常的。

相対するリオには、そのような力は無い。どこまでも人間的で、どこまでも平常的。

平常が超常を上回る事はなく。人間は精霊に敗北する。それが、この世界におけるルール。

で、あるならば。彼が勝機を摑む手段は一つ。平常ではなく――『偏る』しかないのだ。アエローを空に舞い上がらせてしまった瞬間、リオは咄嗟《とっさ》に背筋を伸ばした。そうする事で、発作的に巻き起こった死の恐怖を抑制したのだ。

馬鹿みたいに身体と皮膚が冷えていく。だというのに、頭だけが熱い。故郷のカーマイン山にいた時から、この癖は変わらない。

このままでは死ぬ。絶命する。死に絶える。リオの体内がけたたましく警鐘を鳴らしている。では、どうすれば良い。

「……『仮想《トレース》』」

子供の頃、誰かに教え込まれた口癖を、呪文のように唱える。精霊たちが霊素を発揮する時に唱えるのとは違う。

考えろ、思考しろ――『勝利』するためには、自分はどうすれば良いのだ。ただそれを意識するためだけの詠唱。

仮想し、仮説を組み立て、自らに必要なものを手繰り寄せる。逃亡と防衛を投げ捨て、『勝利』だけを前提にした、不条理なる思想。そのために知識を詰め込み、そのために無駄とも思える訓練を積み重ねる。

人間が精霊に勝利するには、一片に、徹底し、在り方を偏らせるしかない。曲りなりにもリオが、闘技者として勝利する為に身に付けたもの。技術よりも力よりも、この『偏り』こそが彼を今日この日まで生き延びさせている。

――事実、リオにはその『仮想』が生み出す幻像が見えていた。

棒立ちのまま受け止めてみるか？　――アエローのかぎ爪が、両腕をもぎ取っていく。左右に躱《かわ》すか？　――かぎ爪の敏捷性《びんしょうせい》は野生の獣を上回る。掴まり、大地に叩《たた》きつけられ、額が割れる。

バックステップで相手を崩せるか？　――突撃闘士には意味がない。彼女らはその点の対策は徹底的にやっている。

「――」

『仮想』の中、幾度も敗北が目に見える。それでも尚、それでいて尚、偏りの果てに勝利を得られる選択肢を視界の先に――文字通りトレースする。

リオは、木剣を上段へと構えたままアエローを待つ。

剣闘技第七節、『墜落』。切っ先を前へと突き出し、敵の動きを制しながら自らの一撃を叩き込《こ》む構え。

リオが『仮想』の果てに得たものが、ただ一つだけある。恩寵とは呼べない。人間のか弱い抵抗力の一端。しかし彼にとっては、十分すぎる武器。

吐息を、知られぬように漏らす。表情を作り上げ、震えを抑え込む。

絢爛《けんらん》闘士は、対戦相手には勿論、観客にも、主にすらその弱気を見抜かれてはならない。

危難を嬉々《きき》として迎えいれる。顔面蒼白の臆病《おくびょう》さを王者の心で飲み干す。

対戦相手を瞠目《どうもく》させ、観客を咆哮《ほうこう》させ、主を喝采《かっさい》させる。そのような──『物語』を作るのが、絢爛闘士の本来の役割だ。

だが、物語を駆逐すべく、空を疾駆し翼を真っすぐに伸ばしてアエローが迫る。

「ぶッ飛びなぁッ！　──『風舞』霊素発令！　『撃墜女王《アーノルド》』ッ！」

霊素が全身を駆け巡り、彼女の肌を覆い尽くす。リオの紛い物とは違う、霊素発令による恩寵の顕現。精霊はただ恩寵を有するだけではない。彼女らは自らの身体に備わる恩寵を霊素と合流させ、更なる秘奥へと昇華させる。

それこそが、霊素発令。その在り方は多種多様だが、闘技者が有するそれは、間違いなく暴威そのものだ。

人間大の肉塊が、指向性と勢いを兼ね揃えて突進する姿はもはや砲撃に近しかった。

これを撥ねのけられる人間は存在しない。止められるとするならばミノスの『剛力』か。はたまた他の恩寵か。

しかし尚、リオは動かなかった。上段にはっきりと構えたままぴくりともしない。剣先は真っすぐにアエローを捉えたまま。

落下の最中、アエローの僅《わず》かな意識が思う。

死ぬ気か、馬鹿め。

癇癪を起こした彼女の意識は、理性を失っている。リオが死んだ後、何が起こるのか。自分が何を思うのかすら考えていない。

即ち、リオが何を考えているのかにも、思い至っていなかった。

砲弾が落下する、墜落する、突撃する。

瞬間、初めて剣先が動いた。自らが思い描き——視界に『仮想』した『三秒先の未来』に現実を沿わせるべく、一本の線が描かれる。

「一つ」

これぞ、リオに与えられた全て。他を観察し、種を知り、数え切れぬ空想の敗北の果て、三秒先の未来を『仮想』する。ただそれだけで、リオは精霊達《ばけもの》と同じ舞台に立っている。

目指す姿は一つ。剣先を、砲弾そのものへと合流させ——即座に手首を返して、自らは右半歩前へ。パリングと呼ばれる相手の攻撃を受け流す技術の一種。

だが、砲撃を簡単に受け流せる闘技者など存在しない。

砲弾と木剣が重なったと同時、響くのは耳を聾《ろう》する轟音《ごうおん》。骨身が軋《きし》みをあげ、木剣を持つ両手が吹き飛んだ衝撃すら感じた。肉も血も、失われたのでは、とさえ思う。事実、砲弾と近接していたリオの左腕は血飛沫《ちしぶき》をあげている。皮が弾け、真っ赤な肉が見えている。

けれど、それでも、なお。身体は『仮想』の通りに動いていた。激痛が半身を疾走しようと、動きはとうの昔に決まっているのだ。

「二つッ！」

地面に、ハルピュイアが着弾する。破壊の爪痕《つめあと》がはっきりと地面に突き刺さる。アエローの瞳が瞬きした。かぎ爪の先に、血の色がついている。しかし、肉がない。皮だけだ。自分の標的が失われている事に驚愕《きょうがく》する。狩猟者としての本能が、警笛を鳴らした。

――獲物を一度取り逃したならば。奴らは必ず復讐《ふくしゅう》にやってくる。

影が、アエローを覆う。地面へと墜落し、衝撃で座り込んだアエローを見下ろす視線があった。周囲の闘技者達が、思わず息を呑《の》んだ。

絢爛闘士が、剣を掲げている。

否、すでに木剣は半分にへし折れていた。だが彼は残った刃の部分を両手に取り、柄を振り上げアエローの頭蓋《ずがい》を狙い撃っていた。

殺撃。相手を切り裂くのではなく、撲殺するための技。反面、アエローは応戦の用意すら出来ていない。

「三つ。──稽古《けいこ》打ちはこれで終わり。それでいいですか、アエローさん」

「……はんッ」

アエローは、思わず鼻を鳴らしてリオを見つめた。一本取られた形。稽古打ちというのなら、これを何度も繰り返すのが通常だ。

けれど、彼女は大きく息をついて、手を突き出す。頬が僅かに赤らんでいる。

満身創痍《まんしんそうい》のリオが、その手を受け取った。

「てめぇな、弱ぇ癖に無茶してんじゃねぇよ。馬鹿が。私が止まらねぇの知ってただろ」

「そ、そりゃあ知ってましたけど。アエローさん、すぐ癇癪《かんしやく》起こすし……」

じゃあ、何時も通りにしていれば良かったろうに。アエローは口にはしなかった。リオは人間であるが、闘技者としての意地と矜持《きようじ》を見せたのだ。それは、彼女らが何より重んじるものだ。

「……リオ。てめぇ、なんで、闘技者に拘る。別に他のやり口だってあんだろうが」

アエローが立ち上がって、ぱんぱんと身体から土を払う。傷だらけのリオと隣り合っていると、どちらが勝者なのか分からなくなってくる。

「僕には、これしかないからです。アエローさん」

「ああ、そうかよ。大馬鹿のてめぇらしい理由だぜ。ええ？」

大きくため息をついたアエローが、リオの体を抱き留める。もはやその体が、力を失っている事にアエローは気づいていた。

「私に勝ったんだ、医療士に連れて行くくらいの面倒は見てやる。但し、勝ったって言っても、稽古打ちで、だからな！」

これがアエローの矜持なのだろう。リオは何も言わずに、頰を緩めた。

「ありがとう、ございます。アエローさん」

「言うんじゃねぇ！　私の誇りが傷つく！」

ふんっと鼻を鳴らしながら、アエローがリオの体を両手で抱える。

「……本当に闘技者でやっていきたいってのなら、誰かの『加護』くらい受けてこい。それこそ、ディア様にでもな」

『加護』。精霊が神霊から受け取った『恩寵《おんちよう》』を、新たに調律する手法。

精霊は自分の有する恩寵を、道具に刻印する事が出来る。そうする事で、他者であっても恩寵の一部を用いることができた。無論、恩寵を分け与えるわけであるから、刻印する数に限度はあるが。

悠久に近い歴史において、精霊同士の戦争の中で育まれてきた技術だった。強大な恩寵を有する大精霊が、自らの恩寵を下賜する事で英雄を生み出す。そんな物語は巷《ちまた》に溢《あふ》れている。

戦争が終わって久しい現代では、自分の力を保管するために加護を刻印する者もいれば、刻印技術を専属の商売にする者もいた。

そうして、精霊に直接加護を刻む事は出来ないが——人間には、刻印する事が出来る。

これは、人間が奴隷種族と蔑《さげす》まれる原因の一つだ。アレらは、道具に過ぎないのだと。

「……」

「あんだよ」

「今日は随分優しいので、怖いなぁと……」

「てめぇなぁ⁉」

言うだけ言って、リオは眼を閉じてしまった。先ほどまで何とか繋《つな》ぎとめていた意識が、途切れたのだろう。

「アエロー、気にしない方がいいわよあんなの」

リオが意識を手放したのを見てか、同輩の闘技者が声をかけてきた。アエローは反射的にぴくりと睫毛《まつげ》を跳ね上げる。

「あぁん？」

「さっきのなんて、運が良いだけの偶然でしょ。きっと、脚が竦《すく》んでろくに動けなくなったのが、上手く行っちゃっただけよ」

闘技者の言葉に合わせて、周囲から同調するような声や、リオを小馬鹿にした笑い声が聞こえて来る。

どれもこれも、アエローより格下の闘技者たちだった。

つまりはこういう事だ。人間が精霊に勝利するなど、偶然以外にあり得ない。上手く勝利したように見えても、そんなもの奴が情けないから上手くいったように見えるだけだ。

徹底して、彼女らは『人間』という存在を認めない。自分達より格下のはずの人間が、精霊を上回ることなどあってはならない。

だから、嘲笑《ちょうしょう》する。全ては偶然だと。

「はぁ――ぁ」

殊更、大きなため息をつく。リオを抱えたまま、アエローのかぎ爪が――刹那《せつな》を思わせる速度で跳ね、同輩闘技者の顎《あご》を砕いた。

「あ、が⁉」

「アッホか。そんなんだから、未だに私から一本も取れねぇんだよてめぇらは。何なら、今から稽古打ちでもやるかァ？」

アレが偶然だと宣うのならば、実力で無いと語るのならば。自分達でそれ以上の勇姿を示して見せろ。

だが、アエローの言葉に乗る者はいない。彼女の力量をよく知る闘技者たちは、顎を砕かれた同輩を放ったままそそくさと自分達の訓練へと戻っていく。

再び、アエローは大きくため息をついた。自分の愛する訓練場は、こんな有様か、と。

「これぐらいの傷、医療士ならすぐに治せる。終わったら、風呂《ふろ》にでも入るか」

アエローはリオを抱えたまま医務室へ向かいつつ、風呂場に目線を向ける。闘技者なら誰でも使えるが、そういえばリオと一緒になった事は今まで一度もない。

たまにはこういうのも良いだろう、とアエローは微笑を浮かべた。

――女同士。裸の付き合いというのも。

＊

国家とは、常にその巨体の行く先を示す必要に迫られる。領土拡大か、維持か、それとも縮小か。国家間の間柄は均衡を保つのか、それとも敵対するのか。民の権利は、立法は、司法は。

巨体には余りあるだけの選択と道筋。だが国家が常に利益の最大化を求める以上、必ず行く先は示されなければならない。

百霊議会。公都グラムに設置された、国家意志決定機関。

半円に設計された議会は、階段状に貴族階級の議員を並べ、日々議論を行った後、議長の決定をもって国家の方針を定める。

今夜、その中心となっているのはアネルドート＝オルガニア。国家の頂点に位置する第一階位のオーガが、豪放たる様子で議員に向かい演説する。

「——即ち、人間は精霊にとっての毒に過ぎない。上手く使えば国家の発展に繋がるが、自由にさせれば国家を滅ぼす種となる。我らが同胞が、『霊腐病』に苦しんでいるのは周知の通り！」

『霊腐病』——精霊の根幹たる霊素に侵食し、喰らい尽くすまで止まらぬ病。

精霊は霊素によって形作られ、その種族すらも霊素の属性によって左右される。まさしく、彼女らの生を象徴するもの。『霊腐病』は、一切の躊躇《ちゅうちょ》もなしにその霊素を喰《く》い散らかすのだ。罹患《りかん》した精霊は次第に理性と知性を失い、最後には力さえ失って朽ちていく。

罹患者が完治した記録は僅《わず》か。しかし完治者さえ、半ば死者のような有様だ。

『霊腐病』の原因が人間であると、証明した医者や学者はいない。ただ、患者には人間を奴隷近くに置いていたものが多かったのも事実。

「よって、百霊議会の権限により人類種統制管理法、第二条の再度施行を求める！」

アネルドートの堂々たる弁舌。しかしその内容に、議会が波打つ。『穏健派』の想定を、遥《はる》かに超えた提案だった。

人類種統制管理法、第二条。すでに廃止された旧法であり、建国当初の条文だ。

即ち——人類種は権利の全てを喪失する。自ら権利を買い戻す事は勿論《もちろん》、奴隷として生きる事も許されない。彼らは、家畜として扱われる。

人間にとっては、希代の悪法。精霊にとっては、『強硬派』の一部が望む古めかしい旧法。

『強硬派』の議員たちはアネルドートの主張に喝采《かっさい》と拍手を送るが、すぐに『穏健派』の議員が立ち上がり声を発した。

「人間はその数によって労働力となり、国家の歯車に組み込まれておりますわ。今更、人間達を家畜に戻して生活が成り立つと？」

国家を構成する比率だけを見れば、圧倒的な数を擁するのは人間だ。生物はよりか弱いものこそ、多くの命を残そうとするもの。

生まれ落ちた時から権能を有し、一個体で生存を可能とする精霊たちは殆《ほとん》ど増加する事がない。『婚姻』という制度すら、希薄になる有様だ。

「ならば、家畜の役割を広げ必要な仕事をさせれば良いだけ。権利を与える必要はなかろう。毒を用いるものも、毒を愛しはしない！」

アネルドートが、議員の発言を一喝する。本来、議員の権限は平等だが、精霊とは即ち『力』を貴ぶ種族。

『力』の象徴たるオーガのアネルドートは、一定の敬意と尊重を受けていた。『強硬派』の議員たちは彼女の発言を後押しし、『穏健派』議員は尻込《しりご》みする。恐らくは、昼間に彼女が議員たちの邸宅をまわり、説得したものもいるのだろう。

アネルドートは、百霊議会の象徴――決定権を有する議長へと視線を向けた。

視線の先に見えるのは、大樹。議会中央に設置された議長席に根を張るような姿で、議長クライム＝アールノットは座している。

第一階位。種族トレント。全身を覆う樹皮と数え切れないほどの枝葉が、彼女が背負ってきた年月を語っている。ゆっくりと、幹を傾けるような素振りでクライムが語る。

「そうさね。あの法律が生きてたのは、まだワシが若木の頃かい。アネルドート、お前さんは知らんじゃろうが、当時は今より人間の反乱はずっと多かったのさ。今みたいに、飴《あめ》が与えられている内は案外従順だ。けれど、鞭《むち》しか与えられなければ赤子だって牙《きば》を剝《む》く。そいつを分かってんのかい？」

「反乱は鎮圧すれば良い。第一、人間が反乱を起こすのは、飴と鞭の関係ではない。奴らの本能のようなものだ。アレらは、自由にすればするほど無暗な悪事を考え付くようになる。反乱には至らずとも、人間どもが悪意をもって精霊に歯向かう事件は何度も起きている！　百霊議会の宝物殿にも盗みが入ったではないか！」

「あれが、人間の仕業だと？」

百霊議会が有する宝物殿には、かつての大戦時に使用された『秘跡』が多く格納されている。

即ち、神霊や大精霊が直接加護を刻印した武具や物品。どれをとっても、国宝と言って良い代物だ。数か月前に、宝物殿に侵入者が現れたのは事実。

精霊による、恩寵の使用反応は無かった。よって人間の仕業だとする言説もあるにはあったが。

「人間が入り込めると、本気で信じているのかい」

クライムは全く相手にしていなかった。百霊議会自体は、議会の様子を見せるため時折開放しているが、宝物殿を含む旧来の建造物は全く別だ。存在そのものが重要機密の塊。他国からの諜報《ちょうほう》員を入り込ませぬよう警戒しているというのに、まさか人間が侵入できるような作りにはなっていない。

アネルドートの発言が、ここにきて一度勢いを失う。というのも、彼女は生きる『力』そのものであるが、クライムは生きる歴史そのものだからだ。

この場にいる精霊の誰よりも生き、歴史の多くを見聞きしていた。建国当初から生存している精霊は、この場では彼女だけだ。

精霊に寿命という概念は希薄だが、時が経てば彼女らは自然の中に溶け落ちその個は失われる。何千年も生きるような種は、それこそごく一部に限られた。

暫し空いた声の隙間に、影が入り込む。

「ふぅむ、確かに確かに、疑義が残りますねぇ。人間に忍び込めるのなら、この己がとっくの昔に宝物殿を空にしているはずですからなぁ。もし人間が盗めたとするのなら、それは管理者殿の怠慢では？」

淑女然とした立ち居振る舞いでありながら、どこか他者を揶揄《からか》った口ぶり。

第一階位、シャドウ《影》の精霊、シャリア＝グレイスティ。彼女らの種族は、陽光とともに産声をあげた。だというのに、彼女らは生まれてから一度も陽光の恩恵にあずかった事はないのだ。

その所為だろうか。声には常に皮肉が混じり、思考の方向性も謎ばかり。彼女がどうして『穏健派』に属しているのかすら、誰も分からない。

「うっさいなぁ。ボクらの管理は万全だよ。今はもう一度、警備状況の点検をさせている所さ。どこぞの陰湿な影女が入り込んでなかったかってね」

第二階位、ミミック《宝物》の精霊、ミーア＝ドット。鋭い釘歯《くぎ》をがちりがちりと鳴らし、真っ白な瞳《ひとみ》がシャリアを睨《にら》みつける。下半身は宝箱を模した装束に包まれており、彼女の出自を語っていた。

「おっと失礼。本音を隠せない性格でしてねぇ。ミミックという種族がただ無能というのならば、致し方ありますまい！」

「アッハッハッハ！　そっかそっか、シャドウには盗みなんて大それた真似は無理だったね。誰かの後ろについていくだけが能の、永遠の二番煎《にばんせん》じだっけ」

「ヒハハハハハ！　冗談だけは御上手ですな」

喧々囂々《けんけんごうごう》。百霊議会の日常がそこにある。本来、精霊は同種族だけで群れを作り日々を生きるもの。数多《あまた》の精霊を束ね、一個の国家を成立させている現状が、奇跡という他ない。

「クライム議長、発言よろしいかしら？」

議論が沸騰したと同時、一つの手が挙がった。クライムが許可を出すと、彼女は立ち上がって言う。

「アネルドート議員の提案する法は、かつて人間を自由にする事が悪と断じられていた時代の遺物に過ぎませんでしてよ」

エミー＝ハーレクイン。ヴァンパイアの末裔《まつえい》が、楽器を奏でるように声を響かせる。何処か時代の重みを感じさせる声だった。

「それは今でも変わらん。アレらには力も意志もなく、ゆえに自由を与えれば悪事を考えるのみ。我ら精霊に首を繋《つな》がれていればこそ、奴らは理性的に行動できる。それこそが幸福というものだ」

「では逆説的に、彼らに『力』があり意志があると、そう判断出来れば良いのですわね？」

何処か挑発的なエミーの発言に、アネルドートがぴくりと睫毛《まつげ》を上げる。

「……何が言いたい？」

簡単な事です、とエミーは言葉を継いだ。全ての議員が、彼女の言葉に集中していた。

「──来たる冠上闘技に、わたくしは人間を一人、推薦致します。どうでしょう、その者の勇姿を見て人間の『力』と意志を測るのは」

一瞬、クライムを含めた全ての議員が押し黙った。数秒。誰もが発言に戸惑う中、口火を切ったのはやはりアネルドートだった。

「貴、様ッ！　栄光ある冠上闘技に人間を出場させるだと⁉　誇りというものを忘れたか！」

「そうよ。幾らなんでも人間を出して良いはずがないじゃない！」

「闘技はただの見世物ではないのよ！」

次々と、『強硬派』の議員たちから声が吐き出される。現代では闘技は見世物とされる趣きが強いが、本来は神霊に武威を捧《ささ》げるための儀式だ。

だからこそ、人間が闘技に入り込んでくるのを嫌がる精霊は多い。彼らの行いは、決して武威ではない。ただの見世物だ、と。『穏健派』にすら、良い顔をしない精霊はいるだろう。

しかし、エミーは優雅な振る舞いを崩さずに言った。

「出場選手の推薦一枠。これは、百霊議員が総じて持つ権利であるはず。そこに制限はない。クライム議長、そうですわね？」

「……まぁ、そうじゃな。無制限としたのは、百霊議会の全会一致じゃったはず。ワシが耄碌《もうろく》していなければ、な」

「それは、そうだが――」

人間を出場させる議員が出るなど、想像もしていなかった。多くの者が自らの利益とするために、推薦枠の条件について合意したのだ。

「理は、エミーの側にある。ワシは百霊議会の議長として、冠上闘技の主催者として反対する事はない。それに、『力』を示すという意味では、これ以上の場はなかろう。法案についても、皆考える時間は必要じゃ」

「な……っ!?」

アネルドートは驚愕《きょうがく》して、クライムの顔を見返す。ぴっちりと樹皮で出来た唇を閉じ、それ以上語ろうとはしなかった。

法案について、議長として結論を出したという意味だった。

『穏健派』の議員、特にエミーは着席しながらも大きく安堵《あんど》の吐息を漏らしていた。

まずは、リオとの約束を果たせた。ああも大見得を切って出場させてみせるとは言ったものの、人間というだけで推薦を取り消される理由には十分なのだ。万が一そんな事になれば、リオに本気で嫌われてしまうかもしれなかった。

百霊議会の場で発言した以上、クライムは決してその判断を覆さない。どれだけアネルドートたちが反対しようと、リオの出場は叶《かな》うだろう。

反面、不味《まず》い流れになった、とも思った。アネルドートの提案を退ける材料としてリオを使う事は考えていたが、彼女の提案はエミーが考えていた以上に急進的だ。エミーも、リオが冠上闘技で易々と勝利出来るとは思っていない。せめてそれらしい活躍をしてくれれば、法案の内容を弱める理屈はつけられるのだが。

唇に指をあてて思案するエミーを、射殺さんばかりの視線でアネルドートが見る。軽蔑《けいべつ》と、憤激の混じった視線だった。

「――冠上闘技には、私も出場する。卿の大事な人間が『事故』に遭っても、責任は取れんぞ」

「――へぇ、面白いことを仰るのね、オルガニア卿《きょう》」

勿論《もちろん》、両者ともこの場で霊素を発令する事はない。言葉遊びの延長のようなものだ。殺意は交わしても、暴力まで交わすのは淑女たる者のする事ではない。

真なる暴力とは、誰の目もない場所で、そっと振るわれるものなのだ。

断章――I

百霊議会の議場。

夜になれば議員と従者以外は寄り付かないその場所に、二つの影が見えた。気配のない馬車へと入り込み、片方が口を開く。フードを被ったままの姿で、口元だけが動いているように見えた。

「ご安心を。この馬車は専用に用意したもの。どの議員も入っては参りません」

女の声だった。平坦《へいたん》で、鉄を思わせる声だ。

正面に座ったのは、男だった。こちらもフードを被っているが、鋭い視線がはっきりと馬車の中に輝いている。

「この都市じゃ、俺達人間はどこにいたって安心できんよ。お前たち、精霊の天下が終わらない内はな」

「協力者である我々を敵に回すような言動は推奨できません、ロコート？」

ロコート。そう呼ばれた男は両手を上げて言う。

「冗談だよ。だが、事実だろ。俺が危険なのは間違いない。議会にいようが、人間街にいようがな」

人間街。人間たちが住まう通りの一角が俗にそう呼ばれる。

自分の自由を買い戻した人間たちが住み着いたのが始まりで、何時しか精霊から逃亡した人間や、行き場を失くした人間が行き着く先となった。生活レベルは決して高いものではなく、精霊側はその一角を指して、人間街とそう呼ぶのだ。

「理解します。──正義解放戦線を率いてる貴方《あなた》にとって、安全な地は存在しませんから」

相変わらず、女は一切の感情を排斥したような声で応じた。

正義解放戦線。人間の、人間による、人間のための自治を取り戻すための組織と解される。言うなれば、反乱者の群れだ。

人間たちの中には、精霊に抑圧された情勢を良しとしない者も多い。彼らはこう主張するわけだ。自分達は精霊の奴隷ではない、我々は一個の種族なのだ。自らの手をもって、生存圏を確立せよと。

最初は、複数の街に存在する小規模な反乱軍に過ぎなかった。しかし彼らは少しずつ繋がり合い、ある時から自らを『戦線』──人間の正義を解放するための、戦線であると主張した。

それこそが、正義解放戦線。

女の言う、ロコートが『戦線』を率いているというのは、やや語弊がある。彼が率いているのは、公都グラムに座する者らだけだ。

「それで、わざわざ議会周辺まで潜り込んできたんだ。情報は貰《もら》えるんだろうな」

「肯定します。文章にしてはいけません。私も、ここでしか語れません。覚えて帰りなさい。現在開催されている議会の情報です」

「有難い話だ、早くしてくれ」

議会に自由に入り込めるのは議員のみ。また公開議論を傍聴できるのは精霊のみ。人間は、どう足掻《あが》いても議会へと入り込む事は出来ない。『戦線』を率いる男にとって、議会の情報は何より獲得したいものだった。

「――本日、人類種統制管理法、第二条の再施行が提案されました。人間を、改めて徹底管理すべしと」

「そいつはなんとも……馬鹿げた真似を」

何百年も前に撤廃された希代の悪法に、ロコートは敏感に反応した。『戦線』を率いるため文字を習得した彼は、精霊界の事情にもある程度通じている。

——ソレが再施行されれば、どのような状態となるか、想像はつく。

人間は再び精霊によって虐げられ、気分によって殺され、弄《もてあそ》ばれる存在となるのだ。

いいや、奴らは今でもそうだ。人間を奴隷としか見ておらず、存在を認めようとすらしない。人間に、今を生きる権利はない。

「それで、どうなった。議会は承諾したのか？」

「本日の会議では、決定していません。しかし、議長クライムはこう語りました。検討の余地があると」

ロコートはフード越しに自らの頭を両手で押さえた。

鉄のような女の声に、嘘は見えない。だからこそ、余計に焦燥がかきたてられる。胸奥が掻《か》きむしられた感触すらあった。

「そいつは不愉快な話だな。また、俺達を滅ぼそうとしてるのか、あの婆さんは！」

管理などどうせ建前だ。奴らの目的は、人間を管理下に置いたうえで、その種を絶やす事。家畜と交配させ、豚や牛と変わらぬ存在へと化してしまう事。

多くの人間、特に『戦線』では深く信じられている言説の一つだった。

「俺達には感情が、尊厳が、理性がないとでもいうのかねぇ」

「落ち着いてください。決定したわけではありません」

「黙れよ。お前らだって、自分の利益のために俺に情報を流してるだけだろう」

鉄の女は一瞬言葉を止め、しかしすぐに口を開いた。ロコートの習性を、よく理解していた。

彼はどこまでも、熱しやすい。物事は、熱い内に叩《たた》くもの。

「――肯定します。ですが、覚えておくと良いでしょう。議会には法案に反対する者もいるのです。しかし、このままではいずれ承認されてしまう可能性も高い。そうですね、冠上闘技の後、定例議会の頃合いでしょうか」

囁《ささや》くように、女は言った。

「議長クライムは、希代の悪法を検討の余地ありとそうしたのです。――即ち、彼女がいる限り法案が通る可能性はある」

女は嘘を言わない。ただ、囁くだけだ。鉄のような声で。

「立つ時は、今ではないのですか。我々が支援した物資もあるでしょう」

「……ああ、有難く使わせて貰うさ。それと、お前らが持ってるあの剣はどうなった」

「あの剣は貴方がたにとっても、我らにとっても切り札です。そう簡単に切れるものではありません」

「はん。元は、俺達の王の持ち物だがな」

ロコートが重い様子で、応じた。ぎゅっと拳《こぶし》を握りしめ、真っ赤に熟した言葉で言う。

「まぁ、良いだろう。お前らの思惑は知らん。俺には関係がない。だが、乗ってやる。議長クライムは、俺達人間で殺す」

それだけを言って、ロコートは馬車を降りた。議員たちが戻ってくる前に、早々に立ち去らなければ。

通るのは暗く、光も通らない路地の中。光り輝く大通りを歩く事を、人間は許されていない。

路地裏に、ロコートは一つの薄汚れたモノを見つけた。ゴミ箱の中に乱暴に突っ込まれたソレはこの世の中では、見慣れたモノだ。しかしロコートはソレに駆け寄り、すぐさま膝《ひざ》をつく。

鼻孔には腐った肉の臭い。

「おい、おい。大丈夫か、まだ息はあるか？」

頬を軽く叩いてやる。ロコートが幾ら呼びかけても反応がない。当然だった。ソレには片脚が無かった。皮膚には汚れがこびりつき、血か汚物かすら分からない有様だ。

人間の死体。この街、いいや今の世界ではありふれた——ゴミだ。

眉間《みけん》に強く皺《しわ》を寄せる。ロコートは自分の外套《がいとう》で死体を覆い、両手で抱きかかえた。脈動はなく、温かみすら感じない。食用にされたのか、それとも折檻《せっかん》として脚を切断され、死んでしまったのか。よほど酷い扱われ方だったのは間違いがない。長い頭髪を見るに、恐らくは女性だったのだろう。

精霊にとって、人間の死骸《しがい》はゴミだ。ゴミはゴミ箱に。墓を与えられるなどというのは、酔狂な主に拾われた時くらいだろう。

素晴らしい。最高だ。これが俺達の生きる世界だ。ロコートは震える手で死骸を抱きしめる。

「すまねぇ、すまねぇな」

ロコートは呟《つぶや》いた。それは腕の中の彼女への謝罪であり、全ての人類へ向けたものでもあった。

「俺じゃあ、お前を連れ帰ってやる事くらいしか出来ない。故郷も、親だってわかりゃしない」

その人生の壮絶さも、悲惨も、慟哭《どうこく》も、何一つ理解してやる事は出来ない。けれど、

「必ず、ケリはつけてやる。それが俺のやり口だ」

ロコートは外套に包んだ死骸を抱えたまま、路地裏を後にした。

死骸一つが消えた所で、何も問題はない。翌日になって、精霊たちはその事実に気づきもしないだろう。

何せ、ただゴミが一つ、消えただけだ。

＊

不味《まず》い事態になっている。意識を覚醒《かくせい》させた瞬間、リオは確信した。

場所は脱衣場。寝かされているのは恐らく床。しかしすぐ傍で、ぱさりぱさりと衣服を脱ぎ落とす音が聞こえる。

一瞬、腰元と羽の付け根が見えてしまった。間違いない、アエローだ。

リオは即座に、脳内に刷り込んだ精霊たちの知識を引っ張り出す。彼女らにとって、羽の付け根は性的な場所ではなかっただろうか。

「ア、アエローさん……？」

「おお、起きたかリオ。準備しろよ。風呂《ふろ》くらいは入れるだろ」

彼女が下半身を脱ぎだした辺りで、リオは寝転がるのを止めた。

立ち上がり、アエローに背を向けながらだらだらと汗を垂らす。

リオが男と知っているのは、ディアやエミーといったごく一部の精霊たち。アエローが勘違いをして連れて来てしまうのも致し方ない事。気を失った自分が一番悪い。

では、どうするべきか。リオは深く呼吸をしながら、ここからいち早く脱する術を探す。

「アエローさん、僕、ちょっと忘れ物が」

「後で良いだろ、早く入ろうぜ」

駄目だ。肩に手をかけてきた。確実に後ろに全裸のアエローがいる。

幾ら精霊界では男女観が逆転しているとはいえ、リオの意識はそうではない。女装している立場をもって、アエローの裸体を観察してしまうのには罪悪感がある。

それに、だ。万が一、この場でリオが男であるとアエローにバレればどうなるか。

殺されるか、襲われるかの二択だ。最悪だった。

人間の男というだけで、男娼《だんしょう》扱いされるような文化圏だ。アエローの理性に期待するのは間違っている。

けれど、とリオはぴくりと指を跳ねさせる。アエローとはもう付き合いも十分長い。もしかすれば、もしかするならば。リオが男という事実を、受け入れてくれるのではないだろうか。その上で、これからも同じような扱いをしてくれるのでは。

深い呼吸を一つ。アエローの肌は見ないようにしながら、リオが口を開く。

「それにしても、お前、男みたいに華奢《きゃしゃ》だな。その内、他の連中に襲われるんじゃねぇのか」

「その、実はですね――」

アエローの両手がリオの腰を摑《つか》み込む。よし、駄目だ。もしこのまま押さえ込まれれば勝てない。

どうするのが最善か。帽子を脱衣籠《かご》にいれ、可能な限り時間をかけて衣服を脱いでいく。アエローが先に湯舟に入ってくれれば、逃げ出す事も出来るが。

「まだかよ。寒いだろうが、早くしろ」

待ってる。というかこっちをまじまじと見ている気もする。

何故だ。男と見抜かれているのか。上着に手をかける。肌着が露わになり、そろそろアエローが怪訝《けげん》そうに視線を歪《ゆが》めた頃合いだった。

湯舟から、一つの影が脱衣所へと入り込んでくる。きめ細かな肌に、輝かしい銀髪。エルフらしいすらりとしたフォルム。

「――あれ、何でこの時間にリオが入って来てるの？」

ディアが小首を傾げながら、そこにいた。

STATUS

種族名
ハルピュイア

階位
第五階位

恩寵
風舞

風から生まれ、風に乗り、風の中で死ぬ。それこそ彼女らハルピュイアの生き様である。

大翼を持つ姿から、よく鳥類から派生した種と勘違いされる。彼女らにとっては最大の侮辱であるので注意が必要だ。


鳥から彼女らが生まれたのではなく、風の精である彼女らの姿に似た生物（=鳥類）だけが、空を飛ぶ権利を獲得したと言える。

風の中から生まれた精霊だけあり、その死後に肉体は残らない。塵となり、風へと還っていくのみである。

第三章／広報活動とは何か――ファンサービスである

「アッハハハハ！　よくもまぁ、それだけ都合悪い方向に転がっていけるね」

エルギリム訓練場は三階建てに造られている。一階は訓練施設。二、三階は闘技者たちが寝泊まり出来る作りになっていた。

闘技者になる精霊は身一つで都市に来る事が多いし、下手なトラブルを起こさせないためにも囲い込む必要がある。

ディアの私室は三階部分の最奥。訓練場の主人でありながら、他の部屋と変わらない間取りや飾りつけにしているのは、彼女の性格を表している。豪奢《ごうしゃ》な造りは好みでないらしく、唯一華やかなのは、草花が色とりどりに部屋を彩っている事くらい。

リオはディアに背を向けながら、ベッドに座らされている。

「ええと、そのですね」

けらけらと笑いながら、ディアは背中をぽんと小突いた。

「分かってる分かってる。ちゃんとアエローちゃんからも話は聞いてるから。でもまぁ、お互い喧嘩《けんか》はやめて欲しいけどねぇ。皆、私の家族みたいなもんなんだからさ」

すでに医療士によって傷ついた左半身は治療して貰った後だが、それは血を止めて傷口を塞《ふさ》いだだけだ。完全ではない。

特に人間の治癒力では、痕が残る不安もある。ゆえにリオが大きな傷を負う度、その仕上げはディアが務める事になっていた。

ディアはリオの上半身を裸にさせ、傷跡にゆっくり指を這《は》わせていく。リオはベッドに腰かけたまま、背後から伸びて来る指先に思わず肩を捩《ねじ》った。

「動かない。今、細部を整えてるから。多少痛んでも文句言わないでよー」

言葉にしっかりと棘《とげ》を付けながら、ディアは呼吸を整えた。

「――『同調』霊素発令。『森林の微笑《リイツカーラウ》』」

ディアの霊素が、肌を伝って少しずつリオへと流れ込んでくる。それは優しさというよりも、何処か厳しさを感じさせる自然の息吹《いぶき》だ。

ウッドエルフが与えられる恩寵《おんちょう》は『同調』。自然と共に生きる彼女らは、他者への干渉を最も得意とする。他者の霊素と交わり、時に癒し、時に害するのが主な発令。

同じ恩寵であっても、発令形式に関しては個々の精霊によって得意不得意がある。ディアは攻撃発令より、このような補助発令を好んでいた。

「っ、う――ッ」

「……また、霊素がやや反応を変えてるね。リオの霊素はちょっと変だから、アエローちゃんのに反応したのかも」

「変、ですか」

通常、霊素は容量や質が変動する事はない。生まれた時の素質が全てだ。どれほど鍛錬を重ねた所で、出力は変えられても霊素の最大量は変えようがない。

だが、人間ゆえの不安定さだろう。アエローとの密接な攻防が、リオの霊素を波立たせている。何時もより、ややその容量を増やしているようにも見えた。

そっと、ディアはリオの身体へ自らの霊素を同調させる。それこそが、彼女の発令の合図。

皮膚が、肉が、血が組み替わる。次々と傷跡が失われ、まるで以前と同様、いいや新しい皮膚が身体に張り直されていく。痛みを感じるのは、ディアが敢えてそうしているのかもしれなかった。

相変わらず、奇跡のようだとリオは自分の身体を見ながら思う。

「『森林の微笑』は自然の『力』を借り受ける発令だからね。物事には必ず代償があるし、

「彼女らが微笑んでくれているのは、君がそれに値する時だけ。忘れちゃ駄目だよ」

「はい、ありがとうございます。こう、節度は守る様にしますので」

「――分かってないなぁ君は！」

「痛いです痛いです!?」

腕を後ろから軽く締め上げられ、精霊の力にリオが悲鳴をあげる。しかしディアも、責め立てすぎるような真似はしない。あくまで軽い戒めのようなものだった。

人間が闘技者として生きる以上、全く無茶をしないのは不可能だ。彼を含めた人間闘技者は、常に安全とは程遠い所を歩いている。

傷だらけになって当然、死と隣り合わせが必然。

背後から、ディアがリオの両肩にそっと手を置く。

これまでは、小規模な闘技大会に出場させるだけに留めて来た。大きな怪我をしない、多くても数百名程度の観客を楽しませる闘技。

けれど、冠上闘技は全くの別領域。勝利によって得られるものは膨大で、出場の栄誉だけでも人間一人には余りある。

但しその代価も相応だ。

精霊でも死者が出る。いいや、闘技の中での死は、誇りとすらされる節があの大会にはある。文字通りの、ハイリスクハイリターン。精霊でさえその有様。

――では、果たして人間のリオはどうなるのか。

「リオ」

「はい、どうしましたディア様？」

数秒、ディアは沈黙を保つ。痛いほどの沈黙とともに、両腕でリオを抱きしめながら彼女は言った。

「冠上闘技、健闘で良いなんて考えちゃ駄目よ。私は、勝ちにいく。全力で君に投資する。無茶でも無謀でも好きにして良い」

「――勿論《もちろん》。ディア様はご存じでしょう。僕が勝つには、それくらい、偏らないと。安心してください、ディア様の名前に傷はつけません」

本当に、この子は変わらないとディアは思った。今みたいな戯言、その場で切って捨てても良いはずなのに。全て、正面から受け止めてしまう。

ディアが、リオを『買った』のは十年も前の話になる。最大規模の奴隷市場オーディアの中で、彼の身分は奴隷、即ち商品だった。

奴隷市場の主な商品は人間だ。時に戦役や犯罪から奴隷に堕ちた精霊も並ぶが、彼女らの多くは人気がない。扱いづらく、高い気位ゆえに奴隷としての仕事がままならないからだ。役割は精々、闘技者として出場させる程度だろう。

ディアがオーディアに潜り込んだのは、当然、奴隷を買う為だ。

当時は訓練場の主として君臨し始めたばかり。雑用を任せられる奴隷が必要だったし、もし精霊の奴隷がいるのなら闘技者にしても良かった。

その折、ディアは、一人の少年奴隷を見た。まだまだ子供と言って良い年齢だった。

彼は市場の中央に位置する商家で、手頃な商品として売りに出されていた。従順さに難あり、と注意書きをされながら。

といってもディアにとっては十分高級品だ。訓練場の運営費用一年分を丸々注ぎ込まねばならないだけの価格。

雑用をさせるだけなら、こんな高級品はいらない。しかしディアは、どういうわけかリオに視線を奪われた。

果たして、それは短命種特有の艶《あで》やかさにあてられてのものだろうか。鮮やかな群青の頭髪に心を捕まえられてしまったからだろうか。

どちらも、違う。ディアはリオの黒蒼の瞳《ひとみ》に、意識をはぎ取られていた。

奴隷の瞳というのは大抵、暗い色に沈んでいるか、反抗心を露わにしているもの。しかしリオのものは、透き通るような色合いに見えた。彼の瞳だけ、世界から切り離されているような様子。

そこには、明確な意志が刻み込まれていた。善悪を超えた、奴隷が持つべきではない自我。

「ねぇ、君は、何をしたいわけ——？」

ディアは思わず、そう問うた。手足に枷《かせ》を付けられたリオは僅《わず》かに睫毛《まつげ》を跳ねさせながら答えた。

「強くなりたいですね、お姉さん」

「へぇ、どれくらい？」

自由になりたいではなく、買って欲しいではなく、そうリオは言った。人間にしては珍しい願望に、思わずディアは会話を続けた。彼は真っすぐに瞳を見つめた、口を開く。

「——次にあったら、竜を撃ち落とせるくらいに」

結局、ディアはその場で有り金を全て注ぎ込んでリオを買った。

未だに、その原動力が何であったのか完全に理解出来ない。衝動買いとも言えるし、運命を感じたとも言える。

自分の境遇と重ねた部分もあった。ディアの故郷、神樹の森を焼いたのは竜の息吹。リオの故郷たるカーマイン山もまた、竜が焼き滅ぼした地。

互いにその生き残り。生き残って、生き残って、竜を仇と憎悪しながら今日まできた。ならば、共感する所があっても良いではないか。

十年前のあの日から、リオは全く変わっていない。未だ、目的の為に手段を選ばない、残酷で苛烈《かれつ》な意志を抱えたままだ。そうしてそれは、自分も変わらない。

「私の加護を授けられれば良いんだけどねぇ」

「あはは、それはまぁ、相性もありますし。それに、僕はこのままで十分ですから」

不思議な事に、通常は人間にも刻めるはずの加護がリオには通らなかった。まるで何かに邪魔されるかのように、拒絶するかのように。

しかしそれでも尚、彼は戦うと言う。

異常な夢。偏った野望。人間には分不相応。しかし、ディアはリオの言葉を聞くと安心した。

彼は信じている。如何《いか》なる真実も、正当な理も、いずれは野望の前に屈服すると。

「私も、とことんまで付き合うから。私は闘技には向かなくても、知識だけならある。これでも、伊達《だて》に長年生きてない。私が知っている技術なら、何でも教えてあげましょう」

ディアが訓練場の長として、一定の尊敬を得ている理由は、この点にもあった。

多くの種族がある中でも、ウッドルフは相当の長寿、第一階位の精霊たちとも比肩するほどだ。闘技場を開いたのはここ十年ほどでも、闘技に関して蓄えた知識は数百年のもの。種族、武具、技術。膨大な知が、ディアの頭には詰め込まれている。

「それに、ハーレクイン卿《きよう》からの条件、二つ目は覚えてるよね？」

リオは、強く頷《うなず》いた。

「冠上闘技への出場について、反対者を黙らせる程度の活躍をしなさい、でしたよね。ええと、どうすればいいのか分からないんですが……」

「ま。人間が冠上闘技に出るって時点で反対者は出るからねぇ。議員、市民を問わず」

だから、すべき事をしなければならない。その為の支度金は受け取った。

「明日《あした》から、公都を回ろう！　――広報活動《キャンペーン》よ！」

＊

広報活動。

闘技者にとっては、闘技試合の次、いいやひょっとするとそれ以上に力を込めねばならない事だ。

闘技者の価値は、実力ではなくどれだけ客を呼び込めるかに左右される。

とするならば、その名を知らしめるために、時に闘技者は身を削るような大金を注ぎ込むもの。たとえ借金に塗れようとも、破産しようとも、奴隷に堕ちようとも。その名を売る。それこそが栄誉への最大の近道だと、闘技者は知っているのだ。

翌日の日中。リオは公都の一角に立った。

「……あの、本当に、こんな格好する必要あります？」

衣装は当然に女装。闘技者として振る舞う以上、男とばれるわけにはいかない。が、昨日と異なるのはよりスカートの丈が短くなり、上半身にはふわふわのフリルがふんだんにあしらわれている点だろう。恥ずかしいにもほどがある。

頬を赤らめ、羞恥《しゅうち》に瞳を潤ませながら抗議の視線をディアへと向けるが。

「あるって！　リオの魅力を引き出すのにはこれが一番！」

間違いなくディアの趣味だろう。しかも幾らリオが睨《にら》みつけてもディアは嬉《うれ》しそうにするだけだからたちが悪い。

場所は人通りの多い街角。一定のスペースを確保した上で、雇った宣伝役が民衆に向かって声を投げる。

「さぁ御覧あれ！　こちらエルギリム訓練場の人間闘技者リオ＝カーマインッ！」

一部の市民たちが、物珍しさに足を止める。視線が集まったタイミングを見計らい、宣伝役が言葉を継いだ。

「人間闘技者と甘くみてはいけません！　かの偉大なヴァンパイア、エミー＝ハーレクイン卿に認められた実力は、有力闘技者の一角と言って良いでしょう！」

認められたのは事実であるし、実際、エミーはリオのパトロンだ。やはり議員の名前は強い。ちらほらと、足を止める精霊が出始めた。

加えて、見栄えのする麗人が軍用大剣を構えている姿は、彼女らに面白味を伴って映ったのだろう。

多くの精霊が集い、垣根を作り始めたあたりになって、流石にリオも覚悟を決めた。

息を吸い。自らは、絢爛《けんらん》闘士なのだとそう言い聞かせる。ディアも見ているのだから、無様は出来ない。

「――もしも、僕の腕をお疑いであるならば。この場でお見せ致しましょう。僕は、都市の外からやってきました。カーマインの荒地からやってきたのです、この程度なら軽いもの」

ぐるりと、リオが軍用大剣を軽い様子で振るう。そうしてそのまま、帽子の飾りを軽く揺らしつつ、一つ、二つと剣を振るって線を刻む。目の前にあるのは、稽古《けいこ》用の打ち込み台。

それが、あっさりと断ち切れ、三つに分かれて崩れ去る。誰もが思わず目を見張った。

多くの精霊が知る人間闘技者というものは、大抵お遊びのように武具を振るうもの。闘技者というよりも、道化に近い。

けれど、リオは紛れもなく闘技者だ。闘技の場に立つ資格を持つ者だった。

惜しむべくは、人間ゆえ、精霊より遥《はる》かに霊素の出力に劣る点。技術という一点に立つならば、決して劣るものではない。むしろその点を精霊以上に鍛えるしかリオに勝機はないのだ。

だからこそ、宿場の闘技大会では一瞬の隙をつけた。アエローとの稽古打ちで彼女の一撃を逸らす事が出来た。

「へぇ、人間とは思えませんね」

「リオちゃん！　応援してるわよ頑張ってー！」

何時しか、リオに投げられる声も騒がしくなってきた。

精霊だけでなく、従者である人間たちの視線もリオに突き刺さる。羨望《せんぼう》と、嫉妬《しっと》を交えたような色。

闘技者として、豪華な衣装を身に着け広報活動までして貰《もら》えるというのは、間違いなく主から重宝されている証だ。奴隷身分としてはほぼあり得ない。

奴隷同士、嫉妬の対象になるのは致し方ない事だった。

「良いですかぁ、闘技者さん――？」

「――え？」

リオが大剣を振るい終わった瞬間、周囲から声がかかった。リオは咄嗟に目を瞬かせる。

こういった広報活動中、一歩を踏み込んでくる相手というのは珍しい。

宣伝役も動揺したように、乱入者に反応する。

「お、おぉーっと！　そこの貴女《あなた》、彼へのインタビューなら後ほどに……」

「いいえぇ？　違いますよぉ。ただちょっと、闘技者さんと手合わせしてみたいなぁって思いましてぇ」

声をかけて来たのはリオよりも背が低い女――いやまだ少女と言える年頃だ。

彼女は腰元から二本のナイフを抜き取って、言う。

「実はあたしも闘技者志望でぇ、よければ優しいお姉さんに御指南頂きたいなぁって？」

どこか舌足らずな、甘い声色で少女は言う。

頭髪は淡い栗色で、短めの髪を後ろで括って纏《まと》めている。身軽な格好を見ると旅行者という様子だが、余り衣服に汚れは無かった。両手で持つのはククリナイフ。安物ではないと、一目で分かる。

種族は——恐らくラビット。頭に大きな兎の耳が生えている。

「ええ、っと」

最初、リオはこれが宣伝役の仕込みかと思った。人前で実力を示させるための、分かりやすい当て馬。

しかし、視線を向けた先では、ディアも宣伝役も目を丸くしている。それでようやく、彼女が本当の意味で乱入者なのだと気づいた。

「どうしたんですぅ？　それともあたしの挑戦が受けられませんか、お姉さん？」

リオも、彼女の意図を承知する。

挑戦。いいや正確には『潰《つぶ》し』と呼ばれる行為だろう。闘技者は評判を何より重んじる商売だ。よって、このように正面から堂々と腕試しを申し込まれてしまえば簡単には断れない。

相手が民衆に対して腕を披露している最中に飛び込み、その場で相手を『潰し』てしまう事は闘技者間ではよくある事だった。

ぐるりと、リオは軍用大剣を振り回して肩に載せた。

「——勿論《もちろん》、構いませんよレディ。さぁ、やりましょう」

声を出そうとしたディアを置き去りに、リオが応じた。腐っても闘技者だ、金にならない戦いは断る、という選択も出来た。

けれどリオは、刃を重ねる事を選んだ。

エミーは言った、反対者を黙らせるだけの腕を見せろと。ならば、ただ声を大きくして煌びやかにするだけでは足りない。ねじ伏せるだけの力を見せなければ。たとえ、大衆の前で打ちのめされ恥を晒《さら》す危険があっても。

「……へぇ～？　嬉しいなぁ。お姉さんみたいな本場の闘技者にお相手して貰えるなんてぇ！」

闘技者志望、と名乗っていたが本当の所は定かではない。

ラビットの少女は器用に二振りのククリナイフを操り、ぎぃん、と鮮やかな音を鳴らして見せた。武器を握り始めたばかり、とは到底思えなかった。

「な、なぁんと言う事でしょー！　気鋭の絢爛闘士リオ！　謎の挑戦闘士ラビット少女！　ここで野良《のら》闘技を織りなす事となりましたぁ！　み、皆さまこぞって御覧ください！」

宣伝役が明らかに声を上ずらせながら叫ぶ。想定外の事態にも言葉を失ってしまわないのは流石だ。

リオは不満げなディアに一瞬目配せをしながら、軍用大剣を構える。重みを伴った、実際に闘技で使用する武具。

野良と言えど闘技である以上、木剣は使用しない。但し互いに一つでも傷がつくか、降参を宣言すればそこで終わり。それが通例だった。

観客が垣根を作ったまま、僅《わず》かに中央のスペースを開ける。大通りとはいえ通行の邪魔だが、誰も文句は言わなかった。この唐突な野良闘技こそ、闘技の本場、公都グラムの面白さだ。

「ふふぅん、勇気ありますねぇ、お姉さぁん」

少女は両手に握ったククリナイフをがちんっと再び鳴らし、頬を吊《つ》りあげる。こうもあっさり乗ってくるとは思っていなかった。相手が人間である以上、勝負を避ける事も想定していたのだが。

大地に足を押し付け、少女はぐいと身体を前へ傾ける。これぞラビットの基本姿勢。彼女らの種族が何より得意とするのは、神霊より与えられし『跳躍』。

ハルピュイアは垂直に飛ぶが、ラビットは水平に『跳ぶ』のだ。

少女は両腕を目の前で交差するように構える。どうせなら、一瞬で決めてやろう。その方が雇い主からの報酬も多いに違いない。

リオの想像と違わず、少女は『潰し』に来た闘技者崩れだ。

前科や年齢の制限で正規の闘技に出場できない、もしくは市民でも奴隷でもない流れ者たちは、時折こうした野良闘技や力仕事で日銭を稼ぐ。最も容易く、最も気楽に金を稼げる商売だからだ。勿論、最も死にやすい商売でもある。

ラビットの少女は幸運だった。公都に入って数日はろくな仕事にありつけなかったが、この仕事は随分と実入りが良い。

それも、人間の闘技者を潰すだけで仕事は終わるのだ。彼女は容姿こそ幼く見えるが、過去には幾度も正規闘技に出場した経験がある。金のためにわざと負けてやった事が公にならなければ、未だに闘技者として活躍していたはずだ。

無論、たかが人間に敗北する気はない。

「――では、始めぇっ！」

宣伝役が緊張しきった声で闘技の開始を宣言した。

一瞬で、ラビットの脚が爆発的に伸縮する。躊躇もなく、眼に見えぬ速度で彼女は跳んだ。人間には決して届かない跳躍力。基本姿勢の構えから行われる、電撃突撃《ブリッツチャージ》。

「あっははぁっ！　ごめんねぇ、お姉さん！」

純粋な、純然な、暴力的突撃。それこそラビットの最も得意とする戦術であり、全て。

人間は、ただ反応も出来ずに突き飛ばされるしかない。

「――『仮想』」

だというのに、何の意味もない呟《つぶや》きが、ラビットの敏感な聴覚を刺激する。反射的に『それ』を見た。

剣闘技第十三節、『茨《いばら》』。最下段に剣を構えて、敵の攻撃を誘い素早く反撃に移るための構え。それを見ただけで、ラビットは理解した。

彼女は、自分《ラビット》との戦い方を知っている。世にある闘技者の種族、戦い方は多種多様。それぞれの精霊に強みがあり弱みがあり、戦い方がある。闘技場では、全く知識を持たない精霊相手に剣を振るう事も珍しくない。

「一つ、二つ――」

お勉強が出来るじゃない、と少女は嗤《わら》う。人間の浅ましい努力に頬を歪《ゆが》めた。

人間は力で劣る分、知識を頭に詰め込むのはよくある事。だが、意味はない。絶対的性能差は覆せない。

一切の躊躇《ちゅうちょ》なく、兎はリオの懐へと飛び込み――。

「――三つ」

そうして、『茨』に搦め捕られる。

「え――？」

急遽《きゅうきょ》、視点が反転する。余りの事態に、少女は声を漏らした。

天が下に、地が上に。ぐるりぐるりと回転する。世界が動き、少年の姿が歪む。何だ、彼が倒れたのか。それとも、自分が？

——ラビットの少女は勢いのまま中空で回転し、そのまま地面に墜落した。額から僅かに血が零れ、少女が傷を負った事を告げている。

リオが軍用大剣を鞘《さや》に素早くしまい込む。同時、どっと歓声が上がった。黄色い声援と、感心するような声が大半だった。

ラビットの少女は観客達によって道端へと引きずられるが、未だ目を回し意識を失ったままだ。

精霊を相手に鮮やかすぎる勝利は、少女が『潰し』ではなく、むしろ『道化』だったのではないかと疑う声もある。つまるところ、わざと敗北して闘技者の腕を喧伝《けんでん》するための噛《か》ませ犬。

しかし、そんな疑念は歓声に打ち消されていく。

リオはディアに目配せをしつつ、背筋には汗を垂らしていた。

実際の所、楽に勝てた相手ではない。薄氷の上で斬り合うような闘技だった。心臓が激しく動悸《どうき》を打って止まらない。

『茨』は、下段からの反撃を得意とする構え。敵の武具を搦め捕る、間合いを切る、渾身《こんしん》の一振りをいなすと自由自在。

今回リオが取ったのは、下段払い。敵の勢いを利用し、相手を転ばせる実戦的な一閃《いっせん》。ラビットにとって最も有用な武技の一つ。

けれど、払うタイミングを僅かでも誤れば勢いに押し負け両腕がへし折れる。今でもリオの両手にはしっかりと痺《しび》れが残っている。少女の突撃は、とても正面から受け止めきれる代物ではなかった。

彼女の驚異的な速度を捉《とら》えきれた要因は、二つ。

三秒先の未来をリオが捉えていた事、それと、

「リオ、怪我はない!?」

「ええ、ちゃんと指も腕もついてますよ。危ない相手でしたけど、ディア様からラビットの戦い方は教わってましたし――」

ため息を漏らしながらリオはディアに向けて言った。

「――それに、アエローさんが落ちて来るのよりは、まだマシでしたから」

＊

広報活動の目的は、一言で言えば目立つ事だ。多くの目に触れ、多くの耳に届かせる。リオは街角、次は劇場前、次は宿場の庭先と場を変えながらその名を売り歩く。ラビットの少女との一戦がすでに噂となり、声となって街中に広まっているのだろう。何処へ行っても、人間の麗人という売り文句は衆目を集めた。

一定の目的は達成されたと言って良い。

しかし、厄介な事に、精霊の文化圏で人間が目立つのは必ずしも『良い』事ばかりではない。

人間の活躍には、反感を持つ者も大勢いる。人間の癖に、という思いも当然生まれる。いいや、それだけではなく——同じ人間からも、標的にされるのだ。

「気に食わんな」

「——疑問です。貴方《あなた》にとって彼女は同胞でしょう」

「そいつは違う。同種族である事と、同胞意識が芽生えるかどうかはまた別だ」

鉄のような声を出す女に、男はすぐ返した。

ロコート。正義解放戦線、その首魁《しゅかい》の一人。彼は路地裏から『その光景』を静かに見ていた。軽く壁にもたれかかる姿は極めて自然で、風景の一部に溶け込んでいる。恐らく、そうなるための訓練を受けているのだろうと女は思った。

視線の先では、煌びやかな衣装を着た人間が舞っている。麗人、という奴だ。

女はお世辞を言う性格では無かったが、着こなしという意味では抜群だ。多くの精霊らが歓声をあげるのも分かる。

だが相変わらずロコートは、同胞に冷たい視線を向けていた。

「精霊に媚《こ》び諂《へつら》って生きてるような奴が、俺は嫌いでね」

言いながら、ロコートは細巻き煙草に火をつける。酒や食事といった嗜好品《しこう》を好まない彼が、唯一愛好している代物だ。煙が彼の頭髪にゆっくりと絡まっていく。

貴方も、精霊の力を借りて事を成そうとしているのでしょうに。女は言わなかったが、言わずとも察したようにロコートは振り向いた。

「そりゃあ、俺だってお前達、精霊の力を借りてる。だがよ、それは気に入られるためじゃねぇ。媚び諂うためじゃねぇよ」

なるほど、そこがこの男の譲れない一線であるわけだ。言い訳にしろ、本気であるにしろ、分かりやすい性格だ。美学と、そう呼んでも良い。

「全ては『聖戦《コリウス》』のため——人間を解放するためだ。良いんだぜ、お前の主に告げ口してもよ」

「不要の心配です。必要な事は、全て報告しておりますから」

鉄の女は、フードから口元だけを動かして言う。女が神霊より預かる恩寵《おんちょう》を以てすれば多少衆目に晒《さら》された所で問題はないが、用心深すぎる性格は主に似たのかもしれなかった。

ロコートは気にも留めず、視線を同胞へと向け直す。

「そうかい。さて、だがまぁ――お前の言う事は分かった。人間にしちゃあ格別だ。気に食わねぇがな」

路地裏の中、石壁を指先でこすりながらロコートが言った。

人間が正面から精霊に勝利する事は困難だ。出来るならば奇襲、それこそ寝込みを襲いたい。それをあの少女は、当然だとばかりに闘技でねじ伏せる。間違いなく、人間としては格別。

「お前達の基準で言やぁ、俺達人間は全員、第七階位未満なんだろ。だがどうだ、あいつは『力』だけで言えばどれくらいに位置してる？」

女が視線を表通りへ向ける。ラビットの闘技者崩れは、相応の腕を見込んで雇った。正直、『潰《つぶ》し』どころか人間如きではその場で殺されても仕方がない程度に考えていたのだが。

意外にも、一振りで片を付けるとは。情報を修正しなくてはならなかった。

「第六、いいえ、第五階位程度でしょう。人間にしては、相当腕が立つ」

「そうかい」

それだけを言って、ロコートは路地裏からそっと街路へ出る。その歩き方はやけに静かで、意識しなければ彼を見失ってしまいそうだった。

いざという時の『保険』として、ロコートを呼んでおいて正解だった、と女は思う。

あの闘技者——リオは、やや立ち位置が厄介だ。自分が直接手を出すのは不味《まず》い。とすれば、他者に潰させるのが一番だ。

「お言葉を借りるのであれば、毒を殺すのは、また別の毒。そのような所でしょうか」

＊

どんな人間でも、常に誰かが傍にいる、という事はない。

闘技者ともなれば、広報活動の間に武具の整備を行う、観衆の声に応じる——応援をしてくれるファンと目線を合わせる事は特に大事だ。そんな彼の動向に一から十まで目を光らせることは現実的ではない。

つまり、観衆に紛れてしまえば彼への接近は容易という事だった。

「応援ありがとうございます。これからも、よろしくお願いします」

リオが汗を拭《ぬぐ》い、観衆に接している最中だった。ローブを目深に被った人間が視界に入る。

最初は、珍しいなとそう思った程度。リオに接してくるのは大抵が精霊だ。

「初めまして、って言えばいいのか。喜ばしいぜ、同胞にお前みたいのがいるのは」

人間――ロコートは親し気にリオの手の平を握りしめて言った。声を聞いて、ようやくリオは相手が同性だと気づいた。

「どうだい、お前。その力を同胞の為に使う気はねぇか？」

率直な言葉。軽薄に見えて、何処か熱の籠《こも》った様子。

一体、何を言っている。同胞の為とはどういう意味だ。問い返す暇はなかった。男はにぃと唇を上向かせて笑い、リオの手の平に無理やり布地を握らせる。

そうしてそのまま、観衆の中へと消えてしまったのだ。何だ、あれは。考える暇もなく、次の観客がリオへと向かって来る。

「とっても、とっても良かったわリオちゃん！　次も応援してるからね！」

「は、はい。ありがとうございます」

次は、両手で抱えきれないくらいの花束を渡された。次から次へと、ファンという存在は何か物を渡したがるものらしい。

「あー、一列！　ちゃんと一列にならんでくださーい！」

雇った宣伝役と一緒にファンと贈り物を捌《さば》きながら、また次の宣伝地へと向かう。ようやく全ての広報活動を終えたのはもはや夜と言って良い時間帯だった。

これなら、訓練の方がよほど良い。訓練場へと帰りつき、思わず漏らしたリオにディアが微笑んだ。

「なーに甘ったれた事言ってるの。これ、後一か月は続けるから！　闘技大会と並行してね！」

「……闘技大会だけが良いです、闘技大会だけが」

「おやおや、すっかりお疲れのご様子で」

玄関口でへたりこんだリオに、受付をしていたドネットがレモンの汁を搾った湯を持ってきてくれる。

リオは両手でレモン湯を喉へと注ぎ込み、ようやく人心地ついた。丸一日張りつめていた精神が、ゆっくりとほぐれていくのを感じた。

ドネットのように、相手を気遣ってくれるタイプの精霊ばかりなら、もう少し楽なのだが。

「あァん⁉　ディア様、どぉーしてこいつの広報活動だけそんなにやるんですか！　この訓練場にはこいつだけじゃなくて、私もいるんですよ！」

アエローのように、突っかかってくるばかりの精霊もいる。リオが玄関でへばっている所を目ざとく見つけたのだろう。何処か意気揚々とリオの頭をぐりぐりと小突いてきた。

「勿論《もちろん》分かってるよアエローちゃん。大丈夫、絶対次はアエローちゃんの広報活動するから！　安心して！　最悪借金してもやるから！」

「ディア様……ディア様が、そう仰るのなら……でも借金はしないでください」

アエローは何処か陶酔したような響きでディアの瞳《ひとみ》を見ている。たとえ不平不満があったとしても、ディアの一言があれば納得できてしまえるらしい。

彼女がディアへ抱く感情は、親愛や敬意というより、信仰に近いものがある。

「でも、それくらいしないとお金が」

「借金はしないでくださいってば⁉　以前酷い事になったでしょうそれで！」

本当に信仰かはやや怪しくなってきた。アエローはそっと屈みこみ、リオに耳打ちする。

「おい、ちゃんとてめぇが見とけよ。ディア様、良くも悪くも何するかわからねぇんだから。分かってんだろ」

言って、明日《あした》の闘技の用意があるので、と足早にアエローは踵《きびす》を返した。このままこにいれば、本当にディアが借金をする流れになりかねないと察し取ったのだろう。彼女の信仰は、案外コントロールがきくらしい。

「リオ、君も今日はゆっくり休んで。休める時に休むのも訓練なんだから！」

言って、ディアもドネットからレモン湯を受け取って軽く飲み干し、次には自分の執務室へと向かう。

彼女はこれから訓練場を運営する上での業務が待っている。リオもまだまだ甘えてはいられない。訓練場で軽く汗でもかいてから寝たい気分だったが——。

「おや、そいつは何ですかな」

ドネットに言われて、ふと胸元に差し込んだ布地に気づく。軽く指先で弄りながら、数秒して思い出した。

広報活動中、人間の男に渡されたものだ。何を話したかもよく覚えていない。けれど、不思議な男であった事だけは覚えている。

何だったのだろう。そんな風に思いながら、軽く布地を開いた。

繊細な、それでいて情熱的な筆圧でインクが走っている。

——今夜。訓練場の裏手で。

それだけの素っ気無いメッセージ。リオは眦《まなじり》を歪《ゆが》めながら思う。

ああ、こういう手合いか。

闘技者に対し、個人的な友誼《ゆうぎ》を結ぼうとする観客は案外多い。精霊たちからのこういったメッセージは捌き切れないほど。

もしかすると男は、主からこのメッセージを渡すように言いつけられただけなのかもしれない。精霊相手からであれば警戒されるが、人間同士であれば同胞意識が生まれるというわけだ。

時間にして一分ほど、リオは布地を弄りながら指先を軽く折り曲げる。

「ドネットさん、少しだけ訓練してきます。レモン湯ありがとうございます」

「ええ、しかしもう暗い。お気をつけて」

ドネットは何時もの事だと大して疑問にも思わない。それに彼にはまだまだ仕事が山積みだ。リオ一人にかかりきりになる時間はなかった。

リオは腰に何時もの軍用大剣を提げたまま、訓練庭へ出る。もう誰もそこにはいなかった。

何時もの打ち込み台ではなく、真っすぐに訓練庭を駆け抜け、裏口へと向かう。

鍵《かぎ》は内側からなら何時でも開けられるようになっている。奴隷も扱う訓練場としては杜《ず》撰《さん》な管理だが、リオに対する信頼から来る配慮だろう。

少し申し訳なく思いながらも、そこから出ればすぐに訓練場の裏手に抜けられた。

正直、そこには男ではなく精霊が待っているのでは、という警戒心がないではない。しかしそれ以上に、リオの胸中では故郷に対する想いが膨らんでいる。

思えば、故郷を失った後は殆《ほとん》ど人間と関わる事が無かった。落ち着いて人間と言葉を交わしたのは、もう数年以上前だ。

ディアやアエロー、ドネットらに不満はない。むしろ破格の待遇を与えられているとも感じている。自分には、出来過ぎた人たち、充実しすぎた環境だとも。しかし、どうしても心の中で思うのだ。

彼女らはどこまでも精霊で、自分はどこまでも人間だと。

精霊と人間。両者の間に横たわる差異は、何も身体の性能だけではない。

文化、思想、趣向、文字、食事、死生観に至るまで。日々の生活において、細かい違和感を覚える事がリオには何度もある。

少しの時間だけでも、人間と話をしたい。そんな思いが、心の片隅にはあったのだ。

そんな一片の思いに突き動かされて、リオは訓練場の裏路地へと向かった。闘技者が行き交う場所である事もあって、路上生活者もここを寝床にはしない。

そのためか、夜とはいえやや奇妙なほどの静けさがあった。音を立てる度、夜の中に沈み込んでいきそうな気配。

静寂に取り残されたような影が、一つ。

「来ないかと思ったよ。夜、なんて曖昧《あいまい》な時間にするべきじゃねぇな」

男の声が、リオの耳朶《じだ》を突いた。周囲に精霊の気配はない。どうやら本当に、彼一人で待っていたらしい。

「改めまして、ってわけじゃねぇがな。俺はロコートって名乗ってる。お前は、リオで良いかい」

ロコートと名乗る男の声は、ぐいと距離を詰めて来る。不思議な事に、そこに不快感は無い。むしろ殆ど初対面に近いのに、親しみすら覚えるほどだった。

「は、はぁ。良いですけど。それで、僕に御用ですか？」

それとも、話がしたかっただけか。リオは肩に入れた力を抜きつつ言った。

「まさかよ、リオ。俺はお前の戦いを見てド肝を抜かれてな。人間の女に、こんなやつがいるのかってな。こいつぁ、何としても俺の味方にしてぇと思ったわけだ」

まさか、同じ人間同士でも女と思われるとは。

ディアによるハイレベルな女装指導を褒めるべきなのか。それとも、嘆くべきなのか。

無論、訂正はしなかった。秘密とは、まさかと思う所からバレる事もあるものだ。

リオはこほんと咳払いをしながら言う。

「……味方、というと。何のことです？」

人間の同胞組織の事だろうか。事実、グラムの中にも人間が組成した互助組織は幾つか存在する。主には奴隷から脱し、自由人となった人間が日々を生きていくための組織だが。

ロコートはローブを完全に取り外し、顔をはっきりと見せた。頬に大きな裂傷が見えるが、顔立ちは荒々しさよりも、清涼さが勝つ顔立ちだ。

「リオ。お前は正直な所、今の生活をどう思ってる。俺から見れば、お前は可哀そうな奴だ。剣を握らされて、精霊相手の見世物にされてる。何時死ぬかもわからねぇ奴隷生活」

ああ、こういう輩か。眦を軽くつり上げる。同情を相手に勝手に押し付ける奴には、ろくなのがいない。胸中で思いながらも、リオは平坦《へいたん》な声で答えた。

「……やめてください。剣を握りたいって言ったのは、僕の方からです。ディア様は僕の願いを叶《かな》えてくれているだけ。言いたい事がそれだけなら、帰ります」

「ほぉ、こいつは悪かった」

ロコートは両手を上げて、くつくつと喉《のど》を鳴らして笑う。

「じゃあ率直に言おうか。俺ぁ、正義解放戦線の一部を率いてる。お前、俺達に力を貸さねぇか。人間の、同胞たちの為だぜ」

「――正義解放戦線？」

時折、ディアとエミーの会話に現れる単語だ。

人間を中心に組織され、人間解放を旗印にしたレジスタンス。が、その正体は暴力を主軸としたテロリストに近い。彼らは決して、平和的に交渉を求めているわけではなかった。ただ暴力でもって、精霊を脅かそうとしているだけだ。

「……そっちの言い分は分かりました。悪いんですけど、僕は貴方達《あなた》のやり方が正気とは思えない」

「正気じゃない？　俺からすれば、お前らの生き方こそがそうさ。どうして俺達を奴隷に貶《おとし》め、首輪をつけようとする連中に従える？」

不思議だった。軽薄に思えたロコートの言葉が、途端に熱を帯び始める。瞳に強い色が浮かんでいた。

「それに俺らだって、こんなやり方を好んでるわけじゃねぇ。だがな、暴力ってのは何より早く話に決着をつけてくれる！　精霊のクソどもを見ろ！　奴らは俺達を家畜か何かと思ってやがるんだ。家畜と交渉する奴がいるか⁉」

強く、ロコートは拳《こぶし》を握りしめた。不思議と彼の声はリオの耳に強く響く。

思惑が見えた以上、早々に話を切り上げようと思っていたのに、声を聞き続けてしまう。

彼はある種の、カリスマ性を持っているのかも知れなかった。ロコートが、拳を振り上げる。月光が、彼に光を浴びせていた。

「俺達が、人間がもう一度自由になるには、暴力で奴らの横っ面に暴力を叩《たた》きつけるしかねぇ。何故か分かるか？　俺達の祖先が散々に負けちまったからだ。──敗者が叫べる権利なぞあるはずがない！　力無き声など空想以外のなにものでもない！　俺達が物事を語るには、次に勝つしかねぇんだよ、リオ！　俺と一緒に来い！」

心臓を、杭《くい》で貫かれた。どくどくと動悸《どうき》が走り、血潮が熱く沸騰する。

ロコートは恐ろしいほどの理想主義者で、泣きたくなるほどの現実主義者だ。人間が精霊に勝てるはずがない、しかし復権を果たすには勝つしかない。

皮肉にもその思想は、リオの胸中にも宿っている。

──物事を自分の思う通りに捻じ曲げるのは、勝者の特権。自らの思いを果たしたいのなら、勝利するしかない。

そうだ、そうとも。リオがかつて生まれ育った、カーマイン山。

あの地でも、『力』こそが正義だった。『力』こそが、全てだった。

『力』が無かったから──故郷は疎か、自分をも失って。奴隷となって繋《つな》がれているのだ。

艶《あで》やかな竜の咆哮《ほうこう》が、今も耳に焦げ付いて離れない。幾ら耳を掻《か》きむしっても、あの自分を嘲笑《あざわら》うかのような声が耳元で囁《ささや》く。

――死にたいか、それとも生きたいのか？

「生きてりゃあな、いずれは問われるもんだ。さぁ、お前はどっち側だってな。リオ、お前はどうだ？　精霊の奴隷か、人間か。お前は何者だ」

「――貴方の言うように生きられれば、楽でしょうね」

唾《つば》を呑《の》み込む。奥歯が強く鳴った。今、胸奥にある感情の正体を、リオははっきりと理解していた。

確信する。きっと、ロコートと自分には近い箇所がある。似たような信念もある。けれど、だけれども。

「はっきりと言いましょう。僕は人間です、けれど貴方の言うように生きる気はない。僕が貴方の手を取る事はない」

蒼黒《あおぐろ》い瞳《ひとみ》を見開きながら、リオが言った。鬼気迫る勢いで、相手を殺しそうな声色で。

本当に奇妙だった。ただ数分言葉を交わしただけで、ロコートもリオも、互いにある種の強い感情を抱いていた。彼らの心の奥底で、一つの直感があったのだ。それが敵意か、それとも好意なのか。互いに分かってすらいない。

「……そうかい。だが、敵同士でも協力できる事はある。お前は知らないか？　もうすぐ、百霊議会が人間を管理する法案を通す予定だ」

「……それがどうしたんです。人間の管理を、徹底するって話でしょう」

ロコートは、口を大きく開いて笑った。

「そいつは、一つ古い情報だな。いいや、お前を飼ってる精霊が伝えてねぇのか？　――法案ってのはな、人類種統制管理法、第二条。俺達を家畜にしちまおうって案だよ。議長のクライムって丸太のなり損ないがこいつを支持してる」

リオは疑わし気に指先を跳ねさせた。半信半疑。いいやどう考えても誤りとしか思えない。今の時代に、人間を再び家畜に戻す？　馬鹿な。

しかしロコートの口ぶりは、どこまでも真に迫っている。

「このクライムって奴を殺さねぇと俺達に明日《あした》はない。だが、警備が堅くてそうそう入り込める気配もない」

当然の話だった。相手は百霊議会の議長。彼女を守る近衛兵は数え切れない。それだけでなく、彼女自身が第一階位の精霊なのだ。人間が敵う相手ではない。

けれど、ロコートは何処か自信ありげに言う。

「だが、リオ。お前が俺達の味方になれば、こいつを殺せる。法案を潰《つぶ》せるんだ。どうだ、仲間にはなれずとも、同胞の為に手を貸す事は出来るだろう？」

その時点で、リオはロコートの思惑を察した。

こうした情報をリオの耳に含み込ませ、無理やりに巻き込んでしまう気だ。精霊側へ帰れないようにしてしまうつもりだ。即座に、リオは彼に背を向けた。

「やっぱり正気じゃありません。闘技でもない殺し合いの場で、第一階位の精霊に、僕が勝てると？」

「勝たなくて良い。殺せば良いんだ。——聞いてるぜ、お前、冠上闘技に出るってな。議長は冠上闘技の出場者全員に、祝福を授ける義務がある。必ず、お前の目の前にも来るはずだ」

そこで隙を見て、殺せ。リオは言葉を振り払うように、足を早める。

「お前が乗り気なら、必要な『武器』をこちらは出せる。良いか覚えとけよ、リオ」

ロコートは構わず、最後まで言い切った。

「——俺達は、家畜になるか、自由になるかしか未来がねぇんだ。女だろうが、男だろうがな。お前は何者か、よく考えな」

＊

自分が何者か。

その点にいち早く折り合いが付けられるのは、きっと幸福だ。その点あの男、ロコートは間違いなく幸福の中にいるのだろう。

手段はともかくとして、自分が何者であるかをいち早く定義し、その為に動いている。

リオは自室のベッドでシーツに身を潜めながら思った。

何時もならとうの昔に寝入っている時間なのだが、どうにも眠気が湧いてこない。歪《いびつ》な思考ばかりが脳内に渦巻いている。

家畜か、人間か、だと。決まっている、自分は人間だ。家畜になった覚えはない。

「本当に？」

本当か、リオ。思わず唇を動かして問いかけた。顔が青ざめる。吐息が荒くなる。酷く、喉が渇いていた。

――次にあったら、竜を撃ち落とせるくらいに。

かつて奴隷市場で、ディアに語った言葉だった。だがあの時の熱は、今も自分の中で眠っているのだろうか？　もう、淡雪の如く消え去ってしまったのでは？

だって、自分はロコートに向かって言ったじゃあないか。

人間が、精霊に勝とうとするなんて正気じゃないと。

リオは思わず、自分の拳を強くベッドに叩きつけた。

馬鹿め。大馬鹿め。じゃあ竜を撃ち落とせるなんてのは、正気の言葉か。今のまま訓練をして、平凡に命を賭《か》けて、その地平の先に竜はいるのか。

いるはずがない。十年に近い時を武技に注ぎ込んできたリオだからこそ、自覚してしまう。正視に耐えがたく、渾身《こんしん》の力をもって拒絶してきた未来が目の前にあった。

「――ク、ソぅ！」

そんなわけがない。そんなわけがあってたまるか。

泥水を啜《すす》った事は数え切れない。一度たりとも、闘技から頭を離した事はない。他の闘技者より更に多く武具を振るった。

けれど、だとしても――。

「――ふ、ぅ。ドネットさん、もう起きてるかな」

懊悩《おうのう》をかみ砕く様子で、リオはベッドから立ち上がった。一睡も出来ないまま、夜は明けていた。何時もより早い時間だが丁度良い。今なら、誰も訓練庭にはいない。

軍用大剣を手に取る。今日は、全てを忘れてしまいたかった。汗が全ての悩みを吹き飛ばしてくれる。今までもそうだった。これからも、そうであるはずだ。

――自分は何者か。その答えは、一晩たって尚、出ていなかった。

断章――Ⅱ

アネルドートが、希代の悪法を復活させようとした提案から一か月。百霊議会は休みなく営みを続ける。

エミーが提案し、クライムが決定した冠上闘技での人間審判。それを何時しか議員たちは受け入れ始めていた。不毛な議論を交わすよりも、分かりやすい形で結果が出る方が望ましい。

それに、議長たるクライムが一度決断した物事には口を挟まない雰囲気が議会にはあった。

よって、冠上闘技まで後一週間となった今日も、議員たちは法案の事など忘れたかのように議論をし、政策を定めていく。

だがただ一名、アネルドートだけは別だった。彼女は冷静に議会を進行させているようで、その内部にはただ一つ、法案の事だけを頭に入れている。

「ネイル。議員どもの動向はどうなっている」

自分の邸宅に戻った直後、庭先に造った専用の訓練庭でアネルドートは従者に問いかける。彼女は、『鉄のような声』で言った。

「静観が多数。賛成に回っているのは三割ほどでしょう。『穏健派』は四割、後は日和見議員たちですから可決は難しいかと」

法案の可決には、議員の半数以上の賛同と議長の可決が必要だ。クライムは賛成数が規定を超えれば、基本的に否決とする事はない。問題は、どこまで議員どもに火をつけられるかだった。

「エミーが飼っている人間はどうだ。市民らは、奴の参加に反対はしていないのか」

「残念ながら。否定します、我が主。広報活動は思った以上に成果を上げています。反対する声もありますが、少数と言うべきでしょう」

すでに冠上闘技の開催と、その出場者については布告された。

歴史ある闘技大会。人間の出場など、反対意見が出てしかるべきだと考えていたが。

案外に、あの人間――リオの人気は高かったらしい。何よりエミーがパトロンをしているのも力となっているのだろう。

人間が冠上闘技に出場する事を、妖精《ようせい》と人間の融和として歓迎する精霊もいる。

アネルドートにしてみれば、あり得ない事だ。頭に痛みを感じながら、眉根《まゆね》に皺《しわ》を寄せる。

「大事ない」

「大丈夫ですか、我が主よ」

悩みが多い所為だろう。アネルドートの頭は常に痛みを発するようになってきた。小さな痛みではあるが、不快な事には違いない。

「出場するのなら、するで構わない。叩《たた》きのめし、人間に期待をかける連中を一掃する。

——あちらの人間も動いているな、ネイル？」

「肯定します。彼らは私達が、良き協力者であると認識しているようです。当然、疑いはしているでしょうが」

「大方、自分達はこちらを利用しているのだ、とでも思っているんだろう。良い、泳がせておけ。正体は割れてないのだろう？」

「無論です、我が主」

瞬間、がちりがちりと音が鳴り、文字通り女の顔が作り変わっていく。すぐに、その顔は全く別の『顔』となった。

——正義解放戦線、ロコートと密談をしていた精霊の顔に。

第三階位。種族、アイアンゴーレム。与えられし恩寵《おんちょう》は『無貌』。彼女らは顔を持たぬ種族。全てが偽りであり、全てが真実である精霊。

彼女らの多くは、他者に仕える事を望む性質があった。ゴーレムという種族そのものが、かつては従属種族として生み出された存在であるがゆえに。

「私を正しく『認識』できるのは、我が主しかおりません。ご安心を」

「疑ってるわけじゃない。悪かった。奴らには働いて貰《もら》わねばならん。安穏としている議員と市民に、思い切り火をつけてやる」

「しかし宜しいのですか我が主。一時とはいえ、人間に手を貸すような真似を」

「ふむ。ネイル。貴様は私を勘違いしているな」

アネルドートにとって、最も重要なのは目的を遂げる事。

そのために必要ならば、人間に助力する事など苦痛でも何でもない。手段を選んで目的を遠ざけるような愚かさを、アネルドートは持たない。

「それに私は、人間を憎悪しているわけではない。むしろ、彼らを愛しているとも言える」

「――左様でしたか」

訓練庭の中、巨大な――それこそ身の丈以上の戦斧《せんぷ》を取り出す主を前に、心底意外な心持でネイルは答えた。彼ら人間を徹底的に管理し、家畜化しようとしているのは主であるのに、愛しているとはどういう事か。

「無論、家畜としてだ。人間とは、管理されなければ粗暴となる習性しか持たない。我らが管理し、導いてやる事こそ奴らの幸福という……もの、だ」

また、頭痛だろうか。指先で頭を押さえながら、アネルドートは続ける。

「それに貴様は記録しているか分からんが、人間は我々精霊と、戦争を繰り広げた種族だぞ」

「ええ、理解しております。故に敗北した彼らは、奴隷にまで貶《おとし》められた」

アネルドートは首を大きく横に振った。戦斧を振りかぶり、数度空間を唸《うな》らせる。

それだけで、鉄すら砕いてしまいそうな勢いだった。

「いいや、貴様は理解していない。先の戦争は、十七年続いた。我ら精霊を前にして、それほどまでの時間屈服しなかったのは人間しかいない。良いかネイル。今では弱者に過ぎぬ人間だが、奴らには何かあったのだ。我らに対抗する『何か』、我らに抵抗しうる『何か』。ゆえに、奴らは管理しなければならない。家畜にしなければならない――ッ！」

びゅう、と戦斧が勢いを増していく。一振り毎に鋭さを、重みを、圧力を増していく。巨大な戦斧が、自らに預けられる力に耐えかねたかのように咆哮《ほうこう》する。

アネルドートが身体を駆動させる、まるで落雷でも手にしているかの如く。ただ身体能力のみでそれを為す。頭を覆う痛みを吐き出すように、身体が回転した。

落雷が、打ち込み台に向けて落ちる。抵抗など何一つ意味をなさず、ただそれは両断され、焼け焦げたように煙をあげた。

「――さもなくば。我らが、奴らに喰《く》われるぞ。必ず、この法案は通す。人間に、平穏は渡さない。永遠にだ」

ネイルは主の本心を知った。人間を愛している、これは事実だろう。人間を憎悪していない。これもまた事実。

――正確には、彼女は人間を脅威と評価しているのだ。

どの精霊よりも真っ当に、どの精霊よりも冷静に。『力』に真摯《しんし》であるオーガだからこそ、『敵』を侮らない。

最後まで、相手を屈服させるまで叩き伏《ふ》せる。これが、彼女の闘技。その為ならば盤外戦術も厭《いと》わない。

「承知いたしました、我が主。必ず彼らに――『聖戦』を起こさせます」

静かに、鉄のような声でネイルが主に言葉を捧《ささ》げる。彼女の主は不敵に笑いながら、再び落雷を手にしていた。

STATUS

種族名
ウッドエルフ

階位
第四階位

恩寵
同調

森と調和し生きる事を選んだエルフの一族。

彼女らの多くは自然との同化を望み、過去には、歳を取ったウッドエルフは樹木になると信じられていた。

実際は、同調によって樹木の霊気を取り込みすぎたウッドエルフの死体が木々の依代になっただけである。


気位が高く、閉鎖的であり、恥を生涯忘れない性根を持つ。そのため、ウッドエルフに恨まれればどちらかが必ず死ぬ運命にあるとか。

五百年前の大戦において、竜の息吹に大樹の王国が滅ぼされ、生き残ったウッドエルフはごく僅かとなってしまった。

第四章／誉れあれ——口にするだけなら無料だ

広報活動の意味は、あったというべきだろう。一か月間、金に糸目をつけずエルギリム訓練場は名を売り続けた。

アエローの活躍も後押しとなった。彼女は第五階位ではあるものの、同格の闘技者にはまず敗北をしない。空を駆るアドバンテージと、アエロー自身の技量が簡単な敗北を許さないのだ。

無論、第四階位以上の精霊が出てくれれば話は別だが。それほどの階位の闘技者は、通常の大会には姿を現さない。

それこそ——冠上闘技ほどの権威を持つ大会でなければ。

「あーぁ、どぉーして私がリオなんかの前座試合にでなきゃならねぇんだよ。わっからねぇ」

「アエローさん。その、脚置かないでくださいい。お、重いです」

「誰が重いだこらぁ⁉」

「具足つけてるんだから当然重いでしょう⁉」

訓練場のロビーでリオの両肩に脚を乗せ、ぶらぶらと揺らしながらアエローが言う。彼女が鬱憤《うっぷん》を持つのも当然だ。

冠上闘技、本選出場は百二十四名。前座試合出場は六十四名。他にも、多数の動物試合や見世物が大闘技場にて繰り広げられる、数日がかりの儀式――ないしお祭りだ。

エミーの計らいもあってか、リオの本選出場だけでなく、エルギリム訓練場からはアエローが前座試合に出場する事を許された。

とはいえ、リオが本選だというのに、自分は前座。そういう思いがアエローに出てもおかしくはない。

「まぁまぁ、ハーレクイン卿《きょう》にこれ以上わがまま言えなかったのよ。それに前座でもしっかり私が見守ってるから！」

「ディア様ぁ……」

流石にディアに言われてしまえば、アエローもそれ以上は何もない。それに元より、理解はしていたのだ。ただ弟分のリオに愚痴を零していただけである。

「あーぁー。私も良いパトロン見つけねぇとなぁ」

「アエローさんだって、見つけようと思えばすぐ見つかるじゃないですか」

「そーいう問題じゃねぇんだよリオ。パトロンはこっちだって選ばねぇと、ろくな事になりゃしねぇ」

パトロンの存在が全てではない。が、闘技者としてのキャリアが大きく左右されるのは確かだ。それにパトロンがついてしまえば、彼女らに振り回されるデメリットもある。

不意に、大きな音を立てて訓練場の扉が開いた。従僕を引き連れる、優雅な影が叫んだ。

「リオきゅん！　迎えに来たわ！　行きましょうわたくし達の愛の巣へ！」

「……大闘技場にですよね、エミー様」

「ああもうつれないわね、でもそんな所も好きよリオきゅん！」

「へぇい。マイマスターの戯言に付き合ってないで、とっとと馬車に乗りやがってくださいメエーン」

リオも、エミーの奔放さというか、自由さには恐ろしいほどに振り回されている。

「お迎えありがとうございます、ハーレクイン卿。ご足労をおかけしました」

「あら、良いのよディア。それに大闘技場に入るにはわたくしの馬車じゃないとね」

リオはエミーに抱き着かれたまま、ディアとアエローは後ろに続く形で馬車へと乗り込んでいく。

馬車は黄金の紋章が描かれた、正式なハーレクイン家の所有物だ。馬二頭が引く馬車は八人以上乗り込めるスペースがあり、マミーを含んだ全員が席についてもまだ余裕があった。

普段使いをする馬車ではなく、ハーレクイン家の家格を示す時にのみ使われる代物。

今日これが必要な理由は、それこそ一歩でも外に出ればすぐ理解できる。

「こ、こんなに、精霊が集まるものなんですか」

「勿論《もちろん》よリオきゅん。だって本来、冠上闘技は国家をあげた大祭典。国中どころか、他国からだって見物者が集まるのよ」

道という道を覆い尽くす、精霊たち。余りに多種多様な種族が並んでいる。エルフ、ドワーフ、ハヌマーン、アラクネ――種族の数を数えているだけで、一日が暮れると言われる規模だ。

大闘技場にまで続く公道は、もはや歩くというより流される、という表現の方が正しい。流れに逆らって望む方向に向かうのは、まず不可能。

故に、多くの出場者はパトロンらの馬車に揺られ大闘技場まで運ばれるのだ。ハーレクイン家の紋章は、道に溢《あふ》れた精霊たちをゆっくりとでも避けさせる効果がある。

「まぁこれなら余裕を持って大闘技場には着けるでしょう。安心なさい」

御者が鞭を一当てすれば、馬が嘶いて前へと進む。整備された公道だ。速度が緩やかであるのも手伝って、馬車は優雅に前へと進んだ。スプリングが上等なのか、揺れはほぼ感じない。全員が少し落ち着いた所で、ディアが軽く唇を上向ける。

「……ハーレクイン卿。実はこの間に、数点お伺いしたい事があるのですが」

「えぇ～わたくしはリオきゅんと遊んでいたいのに、けれど良い、許すわディア。何の件？」

「ありがとうございます。――冠上闘技の組み合わせについて、なのですが」

ああ、とエミーは眉《まゆ》を顰めた。ディアが切り出した話題に、答えあぐねているかのようだった。

組み合わせは当日、開会式でしか発表されない。とはいえ、その組み合わせを決定するのは開催者たる百霊議会。議員たちは、早々に組み合わせを知っているはず、というのが大衆の一般認識だった。

エミーとしても、出来るならこの場で軽々と発表して、皆の驚いた顔を楽しみたい所なのだが。

「それがねぇ、わたくし、今回は組み合わせに噛《か》めていないのよ。その前に、わがままを入れちゃったものだからね」

ちらりと、その視線がリオへと一瞬移る。ハーレクインの家名を使っても、冠上闘技に人間を出場させるのは相当の『無茶』だ。

組み合わせにまで手を入れてしまえば、政治的な敵対勢力が出て来てしまうかもしれない。一手強く出れば、一手では引く。均衡を好むエミーの常套手段《じょうとうしゅだん》だった。

蝙蝠政治と揶揄されようと、このスタンスでハーレクイン家は存続してきたのだ。強攻策、もしくは柔軟策だけで生き残れるほど、議会政治は軟弱ではない。

「とすると、配慮は願えませんか」

「流石にあの女も、露骨な事はしてこないでしょうけど。そもそも本選に出るような精霊はどれも手練れよ。心配しすぎなくらいが丁度いいわ」

あの女、即ちアネルドートはリオを最も敵視している。敢えて強者や優勝候補をリオに当ててくる事も十分考えられた。しかし今回リオに課せられているのは、人間に『力』があると証明する事。勝利する事ではない。

ならば、相手が誰であろうと、必要な試合をすれば良いだけ。エミーはそう考えていた。

議会での問答は、ディアにもリオにも伝えていない。それは彼らの重みになるだけ。

もし法案が通ってしまうのであれば、リオ一人と——それとディアを囲い込むことくらい、エミーには簡単な事だ。彼の権利が奪われようと、それは仕方のない事。ヴァンパイアらしい冷淡な思考がそこにはある。

「リオきゅんどーう？　調子は良さそう？」

エミーはリオに視線を這《は》わせて、身体を寄りかからせる。彼は相変わらず苦笑するような表情を見せつつ、それでもエミーを受け入れる。

これが良い、これで良いのだ。別に彼がいるのであれば、人間が家畜になろうが構わない。エミーの根本的な思想はソレだ。

「あー……リオリオが迷惑そうにしてますぜマイマスター」

「してないわよ失礼ね!?　ねぇしてないわよねリオきゅん!?」

「え、ええ、はい」

曖昧《あいまい》な返事をしたが、エミーが柔らかく抱き着いてくる所為で集中が出来ないのは確かだった。格上過ぎて女性としての意識は余り出来ない相手だが、それでもこうも接近されれば頰の一つは赤くなる。

しかし、今のリオにはそちらの方が有難かった。考えすぎるのも、時には毒だ。

リオの頭の中では、未だに『あの夜』の問答が荘厳な鐘の音のように響き渡っている。

——お前は何者か？

答えは出ない。考えれば、思考すれば、懊悩《おうのう》すれば、その度に矛盾を吐き出してしまう。

ディアもエミーも、アエローだって自分にとっては恩人だ。けれど、彼女らにとって自分は何であろうか。

奴隷、庇護《ひご》すべき者、弟分――いいやそれとも、家畜？

家畜を可愛がるなんてのは、よくある事。リオだって故郷では馬を一頭飼っていた。彼はリオにとって友人であり、家族であったが。果たして、本当に彼を同じ生物として愛していただろうか。

ディアを見る。目元が自然と細まった。エルフ特有の長い耳が宙を突き、銀髪が流れるように馬車の動きに合わせて跳ねる。

「おい、リオ。どうした。ついちまうぞ。見とかなくていーのかよ。そうそう見れたもんじゃねぇぞ」

アエローが足先でリオを小突く。はっと目を瞬かせると、馬車はすでに大闘技場を目前としていた。何時もは閉ざされた門が、今日は開いている。思わずリオは窓から空を見上げた。

――見上げても、見上げても尚届かない壁。神霊の御業と言われても信じてしまう巨大な建造物。

五百年前、人類を平定した精霊王が平和の証として建造した大闘技場。精霊にとって勝利の印であり、人間にとっては敗北の証明。

内部が公開される事は、それこそ冠上闘技のような公式の儀式の時のみ。ここで武技を振るえる事は、闘技者として至上の栄光だ。アエローもまた瞳《ひとみ》を輝かせて隣でそれを見ていた。

単純なようだが、これだけ巨大なものを見せつけられると、自分の悩みがちっぽけなように見えて来る。それだけ、この大闘技場に見惚《みと》れてしまった。背筋に震えが起きて来る。目まぐるしく動いていく風景の全てが、血流を速くした。

「リオ」

いつの間にかディアがリオの背後に座っていた。その声は、何時も通りリオが信頼を置くもの。

「一生に一度、あるかないかの機会よ。楽しんできなさいな」

「――はい。ディア様」

懊悩が、断ち切れる。肌がひりつく。血脈は冷え、だというのに心臓だけがやけに熱い。これだ、これが闘技の空気だ。

勝利だ。それ以外にはない。たとえ相手が格上であろうと、必ず勝利をもぎ取る。

それだけが、リオがリオである事の証明であった。

馬車が完全に大闘技場の中に入ると、リオとアエローはすぐに選手個別の控室に通された。普通、控室と言えば選手全てが同じ部屋に入れられるものだが。流石と言うべきだろう、一つ一つ、選手ごとに部屋を用意しているのだ。頭が痛くなる規模だった。

リオの控室には、手狭ではあるがテーブルとベッドが用意されていた。ベッドに腰かけながら、思わず指先を握りしめた。先ほどまで喧噪《けんそう》に囲まれていた分、一人になると静けさが恐ろしくなってくる。

「――失礼します」

そんな折、控室の扉を軽く叩《たた》き、声が飛び込んできた。

もう開会式の時間なのだろうか。そんな心配を他所《よそ》に、ゆっくりと女が控室の扉を開く。表情の硬い、感情も薄い――まるで鉄のような女だった。

＊

正義解放戦線――そう呼ばれるテロリスト集団は、果たして愚か者の集団なのだろうか。大多数の精霊は、頷《うなず》くだろう。数多《あまた》の人間も、同意するだろう。精霊に武力で対抗しようとするなど、正気の沙汰《さた》ではない。

「本当に、あのリオ＝カーマインに密書を？」

「協力者側の要請もあってな。応じるかは、まぁ半々だな。あいつ案外、意気地がありやがる。ただの奴隷ってわけでもなさそうだ」

人間街の一角。薄暗闇の中にその通りはあった。大抵が、過去に精霊が使っていたものを、人間が勝手に使い始めただけ。その所為でどれもこれも古びていて、真新しいものは何一つない。

そこかしこから、腐肉と泥が混じった臭いがする。

ロコートは民家の一つを完全に貸し切り、その二階で軽く煙草を嚙む。煙が面白いように吹き出ていった。傍らには副官が一人。ぽつりぽつりと必要な報告をあげていく。

静かだった。このお祭り騒ぎの最中にあっても、人間街に精霊はそうそう寄り付かない。行く必要がないというのが一つ。もう一つは純粋に、物騒だからだ。

ロコートの部下が一人、階段を駆け上がってくる。その両手には――妖精《ようせい》の首が握られていた。

「大尉、妖精の奴が一体で歩いてました。旅人でしょう。一先ず、身体は確保してますが」

「おーおー、良くやった。今日はかき入れ時だぞお前ら。精霊の身体は神霊様からの恩《おん》寵《ちょう》がたっぷり詰まってやがる。皮も、骨も、血だって重要な資源だ。一つ残らずよく使え」

精霊と言えど、小さな路地で周囲から一斉に奇襲されれば、人間にも殺される。そうしてその死体が、よく役立つのも事実だった。

時に竜の骨が英雄の剣となるように、時に妖精の涙が高価な薬となるように。彼女らの恩寵は、彼女らの死骸《しがい》にも宿る。

ロコートは思う。人間がかつて、精霊と戦争をしていた頃には、このような資源が大量にあったに違いない。精霊の死骸を用い、更なる精霊の死骸を量産していたのだ。だからこそ戦えた、だからこそ精霊を殺せた。

「素晴らしいこった。奴らは死ねばそのまま俺達の役に立ってくれる。まさしく、家畜みたいなもんだ」

「それは宜しいですが、大尉。本当にこの祭事の間に事を起こすのですか。精霊どもは、我々を罠《わな》にかけているのでは」

ロコートの副官が、冷静な声で言った。眼鏡をくいと上にずらし、生真面目な感情を見せている。

大尉、というのは正義解放戦線におけるロコートの位階だ。彼らは旧時代、詰まりはかつて人間が文明を保っていた時代の言葉を使いたがる。

この位階は、戦場における士官の呼び名だった。

「そりゃあ、罠にかけてるだろ、当然」

ロコートは平然とそう答えた。

「言ったろ、リオの奴は自分の頭で物事を考えられる奴だった。本当にクライムを暗殺出来るかは半々だ。俺達に力を貸してる精霊どもも、何処まで付き合うか分からねぇ。博打だぜこれはよ」

「それでも、やると？」

「やるとも。あいつがやれねぇなら、俺達がクライムを殺す。危ない橋だったとしても、渡らなきゃならねぇ。俺達の目的はなんだ？」

「無論、人類の解放です。そのために、まずは人類王を再び造り上げなくては」

ロコートは強く頷いた。

人類王。かつて人間を率い、国家を統一し、精霊と同等に渡り合った奇跡。

その威容なくして、人間が再び精霊に勝利する事はあり得ない。

「その通り。今回はその布石よ。存分に精霊の血を流せと、司令部から指示が出てる」

「……エルギリム訓練場のリオは、どの程度信頼が置けるので？」

煙草の火を消しながら、ロコートは軽くかぶりを振った。言葉には、煌《きら》めく刃のような鋭さがあった。

「半々だよ。あいつは完全な奴隷じゃねぇ、だが完全な人間でもねぇ。だから余計に気に入らねぇが」

すっくとロコートが立ち上がる。

「――良いさ。もし精霊側につくようなら、あいつも殺してやる。人間の裏切り者に、かける情けはねぇ」

副官を連れながら、飄々《ひょうひょう》とした様子でロコートは階段を降りる。一階には、彼の部下が――いいや、その外、路地裏までも人が埋め尽くしている。

どれもこれも、正義解放戦線に属する者らだ。この日の為に集められた彼らは武装し、多くが酒を飲んでいた。質は悪いが、酔う事だけは出来る。それで充分だった。

「大尉」

「お待ちしておりました」

誰も彼も、粗野な格好をしながら、佇まいだけは軍人のそれだった。戦う事を仕込まれた、反乱の為の兵士だった。

「よぉし良く揃《そろ》った。今からお前らは分隊毎に分かれ、街に潜ってもらう。合図は俺が出す。それまで寝静まったように潜んでろ!」

腕を軽く振り上げ、ロコートは叫ぶ。兵の誰もが、彼の言葉を待っている。彼の言葉に従うべく兵はここにきた。

「良いか、精霊どもは相変わらず俺達を奴隷か何かと勘違いしてやがる。俺達の生き方が、自分達の手の中にあると勘違いしてやがる！」

ロコートが言葉を発する。その身振り、手振りに兵の視線は吸い込まれていく。

「そんな馬鹿な事があるか！　俺達は人間様だ！　思い出させてやれ！　てめぇらが、『何と』戦争しているのかをな！　俺達の戦争は、五百年前から終わっちゃいねぇ！」

ロコートに応じる、轟音《ごうおん》。ありとあらゆる歓声。

戦争とは、継承されるもの。相続者がいなくならない限り、代々の血とともに引き継がれるものだ。

そうだ。彼らは五百年前のあの日から、戦争を『継承』し続けている。故に、名乗る。正義解放戦線と。

「妖精は羽を毟って殺す、エルフは耳を削げ、ドワーフは頭を割って脳漿を吐き出させてやれ！　この大陸から、精霊全てを殺すまで俺達の戦争は終わらねぇ！　絶滅戦争を、『聖戦』をやろうじゃねぇか！」

正しく、彼らは愚か者だ。正しく、彼らは狂気に身を浸している。

けれど――五百年の時を累積したソレは、もはや拭《ぬぐ》い去《さ》れるものではなかった。

＊

冠上闘技、開会式。偉大な儀式の始まりを告げる託宣とも言えるそれ。

儀式は大闘技場の内部で行われる。普段ならば、足を踏み入れる事も許されない精霊にとっての聖地。

本選出場者は勿論《もちろん》、前座試合への出場者も、皆がそこへ踏み入る権利を与えられる。

恐らくは、人間が正式にここへの入場を許されるのは、リオが初めてだ。リオは糸に引っ張られたかのように顔を上げた。

「──おお」

周囲の誰かから、自然と声が漏れた。嘆息に相応《ふさわ》しい光景だ。

神霊を表す白霊石が惜しげもなく使われた闘技場。陽光を吸い込み、それそのものが輝いているようにすら見える。明らかな加工物の塊だというのに、どこか自然の響きを感じさせた。

観客席は三階建てになっており、色とりどりの幕が垂れ下がっていた。今の時間の観客席には、招待されている貴賓と、闘技者の関係者だけだ。しかしその全ての席が埋まれば、万を超える精霊が轟音を鳴らすだろう。

トランペットが吹き鳴らされ、喝采《かっさい》の代わりに闘技者達を歓迎した。繊細なメロディを鳴らすパイプオルガンは重厚な感動を聞く者に呼び起こさせる。これそのものが、芸術に等しかった。

皮肉屋のアエローさえ、喉《のど》を鳴らして無言の内にこの光景を絶賛する。

リオも、同じだ。しかし彼の顔は何処か青白い。それに気づけた者はいなかった。アエローとは並ぶ列が離れていたし、ディアやエミーは遥《はる》かに離れた貴賓席にいる。

誰も彼の異常には気づかないし、気づけない。

リオは何かに警戒するように視線をうろつかせ、歯を打ち鳴らしていた。

控室で鉄の女は、ただ一枚の布切れをリオに押し付けてすぐに立ち去ってしまった。その時点で、嫌な予感はしたのだ。布地での伝言は、どこかで見た手法だったから。

握《にぎ》り潰《つぶ》してしまえば良かった。だというのに、リオは中を見てしまった。見た事のあるインクの染みがあった。

――大会中、動く。武器を伴い呼応されたし、同胞。

その場で切り裂き、捨てた。あり得ない。ただでさえ一流と呼べる精霊たちが集う祭典。この最中に、彼らが動いたところで何が出来る。すぐに鎮圧されるに決まっている。

だから、リオが警戒していたのは全く別の部分だ。

あの鉄のような女は、誰だ。アレは明らかに精霊だった。顔は全く覚えていない。しかし、恐ろしい事に彼らには精霊の呼応者——それも大闘技場に入り込めるような階位の者がいるという事。

とすれば、彼らが行動を起こせば、その余波がディアやアエローに及ぶ事も考えられる。どうする、他の精霊に訴えるべきか。しかし内容が内容だけに、人間の戯言だと流されかねない。下手をすればエルギリム訓練場の名に傷を付ける事にだって繋《つな》がる。きっとロコートも、それを分かっているからこそリオに誘いをかけたのだ。

「——では、これより開会の宣言を始める」

はっ、とリオが顔を上げれば。すでに開会式は進行し始めていた。

大闘技場全てを見通せる場。玉座とも思える儀式台に、一本の大樹が居座っている。それは巨大であるが故に、一個の生物とは思い難い。

だがその大樹は、ゆっくりと軋《きし》みをあげて声をあげた。

「あぁ、よくもまぁ集まったもんだ。ワシが生きている間に、もう一度開催する事になるとはね」

百霊議会、議長クライム＝アールノット。かつての大戦以前より生き残る数少なき精霊。

その声の一つ一つに、自然の息吹《いぶき》を感じた。もはや彼女はその存在が、自然に溶け始めているのかもしれなかった。

彼女が儀式台から闘技者達をゆっくり見下ろし、言う。その視線は、闘技者全員を慈しむものだった。

「先に、議長ではなく、ワシ個人としての思いを言わせて貰《もら》おうかい。闘技ってのは、憎い誰かを打ちのめすためのもんじゃあない。自分は相手より上だと、優越感を覚えるためのもんでもないよ」

まるで子や孫を窘《たしな》める、祖母のような口ぶりでクライムは言う。不思議なほどに、その声は心地よかった。

「――誰かに、敬意を払うためのもんだ。最後の精霊王からの受け売りだがね。敬意の無い闘技なんざ、ただの暴力さ。そこにどんな価値がある？　道を切り開くのは何時だって、そいつの誇りだ。お前さん達は、誇りを持ちな。それだけがワシの願いさ」

歴史の重みと、尊厳を持った言葉だった。誰も言葉を挟まない。政治的に彼女と相反する議員もその周囲には大勢いたが、ここで言葉を荒げるほど無粋な精霊はいなかった。

クライムはゆっくりと言葉を紡ぎながら、次には開催の宣言を告げる。しかし先の一言で、開会式は終わったようなものだった。誰もがクライムの言葉を遮る事はない。ただ彼女の指揮するまま、式は進んでいく。

次に歓声が上がったのは、本選の組み合わせが公表された瞬間だ。

「本選は、この組み合わせでもって行う。ここからの変更は無い、と思って貰おうかの——」

クライムの背後、大きな壁が突き立ったように見えるそれは、霊素によって映像を投影する場だった。そこに一つ、また一つと本選闘技の組み合わせが示されていく。

リオは思わず、息を呑《の》んだ。自分の眼が、何か見間違っていないかと瞼《まぶた》を瞬かせる。胸が圧迫され、緊張が漲《みなぎ》る。

リオの闘技は、第十六回戦。今日の昼には、順番が回ってくるだろう。それは構わない。むしろ今日である事を望んでいた。

問題なのは、対戦相手。はっきりとこう、書かれていた。

——第十六回戦、アネルドート＝オルガニア。

不意に、リオの視線が右に吸い寄せられた。その先に、誰がいるかを直感していた。誘うように、彼女はこちらを見ていた。

頭に双角を据えながら、くすりと笑うように彼女が頬を緩めている。

戦うべく生まれ、闘争のために生きる種族——オーガ。鬼が、リオの首に狙いを定めていた。

＊

「思いッきり露骨なことしてんじゃないわよあの『死体漁り』!?」

リオの控室。エミーが地団太を踏みながら言った。大理石造りの床が砕けそうな勢いだ。

ベッドに腰かけたリオとディアとは裏腹に、抑えきれない感情を吐き出す様子でエミーが唸《うな》る。

「よりによって自分をリオきゅんに当てにくる!?　どんッだけ嫌な女なのよ！　頭の中一度みてやりたいわ!?」

エミーとしてみれば、気が気ではなかった。アネルドートは、かつて議会で言ったではないか。

――冠上闘技には、私も出場する。卿の大事な人間が『事故』に遭っても、責任は取れんぞ。

まさか本当に、当てつけのように自分をリオに当てに来るとは思っていなかった。

「良い!?　リオきゅん！　死なない事を第一に考えて！　あのクソバカ『死体漁り』に付

き合って死ぬことないから！　あ、死んだらわたくしの従者にしても良い⁉」

「いやリオは死にませんから⁉　ハーレクイン卿《きよう》も不吉な事言わないでください⁉」

「良いじゃない、本当に事故が起こってもおかしくない相手なのよ！」

リオを抱きしめながら、唇を尖《とが》らせてエミーが言う。彼女は冗談のように言っているが、間違いなく本気だった。リオが流されるまま頷《うなず》いてしまえば、間違いなく彼女はそれを実行するだろう。

ディアが、リオの隣に腰を据えたまま言う。

「リオ。相手が悪いのは確かだけど、それで尻込《しりご》みするわけじゃないでしょう？」

「――は、はい。それは勿論」

リオは胸中で強く頷いた。間違いない。たとえ相手が誰であろうと。必ず勝負してみせる。そうして、勝利する。そう誓った。

こんこん、と控室の扉が叩《たた》かれる。咄嗟《とつさ》にリオが視線を向けたが、顔を見せたのはマミーだ。

「へぇーい、そろそろアエロー姐御《あねご》の試合が始まりますぜぇーい。前座試合はサクサクやっちまうから早ぇんだよなぁ」

前座試合は、一つの試合毎に制限時間が区切られている。言わば彼女らがするのは、本選を盛り上げるため、闘技場の熱気を沸き立たせる役だ。

だが、それでも彼女らの試合の価値が劣るわけではない。通常の闘技大会ならば、決勝でもそうそう見られない顔ぶればかりだ。たった一戦。だからこそ、命を賭《か》ける彼女らの戦いぶりは、語り草になる事も多い。

「っと、思ったよりも早いのね。ごめんなさいリオ、席に行ってくるわ。リオの闘技もちゃんと見てるからね！」

「あっ、ディア、様」

そこに、エルギリム訓練場からの出場者がいるのだ。まさかディアが観戦をしないわけにはいかない。

ディアが席を立った瞬間、思わずリオは立ち上がった。意外そうにこちらを振り向くディアが言う。

「どうしたの、不安？」

瞬間、リオの胸中には複数の思いが駆け抜ける。鉄のような女の事、ロコートの事。しかしその全てを、一瞬で呑み込んだ。

「――い、いいえ。全力を尽くします。どうか、観覧席で御覧ください」

「――勿論。一発、かましてきなさい」

ディアに不安や懸念の全てを話してしまう事は出来た。彼女ならば、信じてくれるかもしれない。

しかし、そのどれも確証がない。意味があるかが分からない。それに結局の所、彼らの計画はリオが動かなければ意味を成さないのだ。

全ては狂気の沙汰《さた》。今は、闘技にだけ集中したい。

それは常道の考えだった。道理で考えれば、普通に思考すれば——あり得ない。

「まぁまぁ、緊張するのはしょうがないぜメェーン。でもよぉ、人間だって精霊だって死んじまえば一緒さぁ。気軽に考えようぜぇ～」

マミーがベッドに思い切り転がりながら言った。彼女の場合、死んだからと言うのではなく、生前からこんな性格だったのではと思わせてくれる豪放ぶりだ。

「エミー様、それにマミーさん。お二人も、観覧席にお戻りください。控室には何時までもいられないでしょう？」

「それはぁ、そうなんだけど」

エミーが名残惜しそうにリオに抱き着き、その柔らかな頬をすりつけてくる。よほどに、スキンシップが好きなのだ。元々、ヴァンパイアはそういう精霊なのだろうとリオは思う。

本選出場者の控室には、パトロンや関係者でも入れる時間が限られている。と言うのも、ひっそりと恩寵《おんちょう》を用いて闘技者に優位な状況を作ろうとする精霊が過去にいたからだ。

「じゃありオきゅん！　絶対見てるからね！　あの女に付き合う事ないから！　本当にね!?」

「はいはい、行きますよマイマスター。大丈夫ですって、リオリオはそう簡単に死にやしませんから」

何時もの様子で控室から出ていく主従を見ながら、リオは笑みを浮かべた。久々に心から笑った気がした。

しかし彼女らが出て行った瞬間、椅子に座り込む。

軍用大剣を傍らに、精神を整えた。自分が頼れるのは、『偏り』だけ。精霊のような『恩寵』はない。性能差は圧倒的。ならば、『偏る』しかない。

闘技以外の全てを捨て去って、それ以外の全てを忘れ去って。

――全ては、竜を撃ち落とすために。

今日まで、歩んできた。明日《あした》からも、歩んでいく。だから今日――鬼を討つのだ。

時間が、過ぎ去っていった。闘技までの時間全てを、その『工程』に費やす。氷のように動かなくなったリオの耳朶《じだ》を、新たなノックが打つ。

「リオ選手。本選の時間となりました。闘技場までお越し願います」

「はい」

係の精霊に導かれるまま、リオは石作りの床を足先で叩く。時間は昼をとうに過ぎ、もう夕方となっているだろうか。

冠上闘技は二日をかけて行われる大会だ。一日目で良かったと、リオは思った。これが二日目となれば、精神がもたない。

やがて、開けた通路に出た。開会式までの間に通った場所だ。その先にあるのは、大闘技場。一度は見たそれ。けれど、今度は違う。先ほどのように静かではない。

吹き鳴らされるトランペットも、厳かなパイプオルガンも、何もかもが掻《か》き消えている。

──大観衆の歓声以外、この場を支配するものはない。

三階建ての観客席全てが、埋まり切っていた。怒号とも、歓声とも取れる声。耳が失われてしまったのかと思ったほどだ。リオが一瞬、観客に心を奪われている隙にコールが響いた。

「──白蛇の方角！　姿を見せました！　エルギリム訓練場が姫君！　唯一の人間闘技者、絢爛《けんらん》闘士リオ＝カーマイン！　大歓声にてお迎えください！」

火食い鳥の大羽をあしらった帽子を取り、歓声に応じる。ここまで出て来てしまった以上、リオの心は定まった。絢爛闘士として、恥の無い振る舞いをしなくてはならない。

けれど、その所作一つに応じる歓声は凄《すさ》まじいものだった。

「リオちゃーん！　死なないでー!?」

その多くが、リオの勝利よりも生還を祈っているのは、リオを甘く見ているのではなかった。

ただただ――相手が悪いと、誰もが理解していた。

歓声が、リオが入って来た時よりも更に強く波打つ。彼女が現れたのだ。その姿は、ただ在るだけで観客の興奮を呼び起こさせる。

鮮やかな青髪から双角を突き出し、身の丈以上の巨大な戦斧《せんぷ》を肩に担ぎながら、彼女は来た。

「――さてさて、白麒麟《きりん》の方角より出場です！　冠上闘技の大本命！　『力』を司る一族――オーガ、君臨闘士アネルドート＝オルガニア！」

時代が時代であれば間違いなく、戦場にて数多《あまた》の死骸《しがい》を積み重ねたであろう精霊。

その武技が、眼前で振るわれる。『力』を信奉する精霊であるからこそ、その戦斧に期待が集まる。反面、リオには哀れみが集まる。人間の身でありながら、かの鬼を相手どる事になるとは。

「ハーレクイン卿の邸宅以来か、子犬」

お互い闘技場に上がったと同時、アネルドートがリオへと語りかけた。

リオとしては正直、意外だった。彼女のような高位の精霊が自分を覚えていた事がだ。

「――子犬ではありません。これでも、闘技者ですので」

絢爛闘士として、不足のない言動。すぅ、っとアネルドートが目を細めた。

「そうか、それは楽しみだ。実にな。ハーレクイン卿を悲しませぬよう、励むが良い」

アネルドートは、本気で言っているように見えた。彼女は闘技を楽しもうとしている。

人間のリオ相手であったとしても。きっとそれが、アネルドートの本質なのだろう。

リオは闘技場の上に立ちながら、深く呼吸をした。フリルのついたスカートは、もう慣れたものだ。

「では、両者用意が整ったようです。議長クライム様！　どうぞ開始の宣言を！」

冠上闘技の試合は全て、クライムが開始と終了の宣言を出す事になっている。儀式とはいえ、クライムはやや疲れを見せていた。大観衆が息をひそめ、彼女の宣言を待っている。

一拍、呼吸を置いてから、クライムが唸るように言った。

「――良かろう。闘技、開始」

静かな声。それでいて、地の底から湧き出て来る荘厳な声だった。大闘技場全体が沸き立つ。

『力』の象徴たるオーガ、『力』無き人間。その闘技の行く末は、どこにあるのか。その結末を、喝采《かっさい》と怒号が欲している。

「――『仮想』」

この闘技場に立つまでの間にも、何度も呟《つぶや》いた言葉。知る限り、見た限りのアネルドートの戦力を測定し、幾度も『仮想』した。彼女の一撃を乗り越え、こちらが一打を入れるには、どうすれば良いか？　幾度も戦斧に首を落とされ、幾度も背骨をへし折られた。彼女の隙を見出す為、ありとあらゆる戦場を『仮想』した。

――そんな、『仮想』の全てが、今この場で吹き飛んでいく。

戦斧を担いだアネルドートを見て、リオは確信した。『墜落』の中で想定し尽くしたアネルドート像。そのどれよりも、アレは上を行っている。リオの想像など、軽く蹴散《けち》らしてしまう質と熱。

鳴りそうな歯を、抑え込む。絢爛闘士として、怯《おび》えを見せる事は許されない。この大舞台であるからこそ、無様は晒《さら》せない。

「『三秒』、か」

立っているだけで息が枯れる。対峙《たいじ》するだけで血の気が引く。正しく、アネルドートは化物だった。

その動きを、たった三秒捉《とら》えた所で、勝ち目があるものだろうか。剣をすぅと持ち上げる。

剣闘技第六節、『猛牛』。頭の横に軍用大剣の柄を置き、真っすぐに剣先を相手へと向ける。相手の攻撃を見極めながら、一瞬の狭間《はざま》に剣を突き入れる為の構え。

格上を相手に、一撃を突き入れるのであればこれしかない、という構えだった。

「なるほど。それが貴様の、精一杯の抵抗というわけだな、子犬――」

リオの大剣に対し、アネルドートが構えるは巨大な戦斧。しかし緊張を漲《みなぎ》らせたリオとは対照的に、ゆるりと彼女は戦斧を振り上げた。尖《とが》った穂先が、ぐるりと中空を舞う。

それだけで、空間が唸《うな》りをあげた。観客の視線全てが、戦斧へと注がれる。

「――下らんにも、程がある」

片手で、軽く振るっただけの一撃。『恩寵』は勿論《もちろん》武技すらもない、ただ膂力《りょりょく》に頼っただけの、一振り。

それが、ミノスの『剛力』よりも遥かに鋭い勢いをもってリオへと降り注ぐ。

「ぐ、ぁっ!?」

『猛牛』の構えから咄嗟《とっさ》に大剣を横へと薙《な》ぎ、戦斧を受け流す。本来は相手の一撃を受け止め、そこから反撃に移る所なのだが、到底不可能だ。受け流せたのも、リオの技術が相手を上回ったからではない、そのように誘導されたのだ。

想定外の動きを強要されたリオは、体勢を崩さざるを得ない。

「子犬、これでは闘技にならん。早く構えろ」

だというのに、アネルドートは追撃をしなかった。リオが強く下唇を噛《か》む。

屈辱だった。アネルドートは、自分を前にして戦ってなどいない。まるで獲物をいたぶるように、爪を見せているだけ。

数度、攻防が繰り広げられる。リオは『猛牛』、『茨《いばら》』、『墜落』と数多の構えをアネルドートに向けるが、結末は変わらなかった。

どれほど『仮想』しようと、どれほど体躯《たいく》を動かせど、アネルドートの初撃を乗り越えられない。

汗が、どんどんとリオの背中を流れ落ちていく。しかしそれは運動に音を上げてというよりも、冷や汗に近かった。

焦燥が、全身を駆け抜けていく。どうすれば良い。どうすればコレに、一撃を入れられる。

「ほら、どうした子犬。避けんのか？」

どんどんと、アネルドートは容赦を失っていく。一振りでリオの体勢を崩し、次の一打では脇腹を強かに打ち付ける。刃には当たらないよう打つのは、優しさではなく残酷さだ。

「う、ぎ……ぃ、ぁっ」

骨に罅《ひび》が入るような痛みに悶《もだ》えそうになるが、血を呑《の》み込んで無理やりにその場に立つ。

アネルドートは、実に愉快そうに嗤《わら》った。

「ハハハハハ、何だ。案外と意気地はあるではないか、子犬。一度打ち付ければ泣き喚いて飼い主の所に戻ると思ったがな」

「――ッ！　い、ったでしょう。僕は、闘技者です。逃げる為に、ここにはいません。勝つために、ここに立っている。いずれ僕は、竜だって撃ち落としてみせる」

絢爛闘士としての、矜持《きょうじ》を込めた一言だった。そうでなくては、この場に立ってはいけなかった。

しかしその言葉は、アネルドートの機嫌を随分と悪くさせたらしい。

「ク、ハハハハハ！　竜を、あの唯一の女王を撃ち落とすだと？　貴様如き人間が、ソレを語るな愚か者。その言葉の価値も分からんだろうに。遊んでやっていれば、戯言をほざく。自らの分を知らず幾らでも増長するわけだな」

心の底から、不愉快を吐き出して。まるでリオ個人に恨みを抱くかのような瞳《ひとみ》を見せて言う。片手で軽く頭を押さえる姿は、何かの痛みに悶えているかのようにも見えた。

「良かろう。ならば。貴様が望むならば——望み通りにしてやろう、子犬」

観客席全てが、息を吞んだ。その先にある結末を、誰もが予測した。貴賓席のエミーが、大声をあげた気がした。

——アネルドートが、初めて両手で戦斧を持ったのだ。

「人間とは、即ち愚かなものだ。決して理性を蓄えない。よって、鞭打《むちう》ち躾《しつ》けるしかない。痛みで理解させるしかない。貴様らは家畜だ。思い知るが良い」

アネルドートが両手で戦斧を構える姿は、まさしく鬼と語られるものだった。素晴らしく暴力的、素晴らしく神秘的。これに勝利しうる人間がいるならば、それはもはや人間ではない。

リオはそれを見た瞬間、絶命を確信した。死はもはや免れない。

けれど、だけれども。アネルドートのソレを、誰よりも待ち望んでいたのはリオだった。呼吸を整える。察せられてはいけない。自分が、全力での一振りを待ち望んでいたなどと、思われてはいけない。

戦斧を両手で振り上げた彼女に対し、リオは静かに刃を下げ、切っ先を背後へと向ける。

剣闘技第一節、『鉄門』。腰構えとも呼ばれるそれ。最も基本的な構えであり、切っ先を背後に向ける事により、一呼吸で相手へと刃を向けられる。

即ち、これはアネルドートへの宣戦布告であった。

──お前の一撃を、避けきってみせる。自分が両断されるよりも早く、お前を貫いてみせると。

リオは不敵な笑みを見せながら、言った。

「──オルガニア卿《きょう》。僕は、家畜ではありません」

「──そうか」

この闘技において初めて、それは勝負の形となっていた。互いに構え、互いに相手の命を狙う。アネルドートが一方的に遊ぶのではない、闘技。

観客が歓声を抑え込む。自然と誰もが瞬きを止めていた。その一瞬の間に、勝負がつくと分かっていたのだ。大方はアネルドートがリオを両断する。けれど、一滴の期待を抱いてしまうのは、リオが優秀な絢爛《けんらん》闘士の証だろうか。

思考が加速する。幾百、幾千と『仮想』した。遊ばれ続けている間、何度も。結果、リオは決断した。自分が一矢を報いるにはこれしかない。

そうとも、アエローの時からそうだった。人間が精霊を相手に立ち向かうには『偏る』しか選択肢はない。ありとあらゆる選択を切り捨て、『偏った』果てでしか精霊には手が届かない。

そうだ、そうとも。それが狂気と呼ばれるものだって、手にして見せる。

その地平の果てに――きっと、竜もいるはずだから。

両者が凍ったように動かなくなり、観客が息を呑んだ瞬間。

永遠とも思える刹那《せつな》を切り裂いて、鬼と人間が動く。それは互いに呼吸を合わせたかのよう。

鬼の戦斧《せんぷ》が、豁然《かつぜん》、空間を両断する。『恩寵《おんちょう》』を用いたわけではない。だが彼女の両腕を振るう一撃は、自然と霊素を纏《まと》い世界を圧倒した。空を喰らうほどに素早く、衝撃を伴うそれを表現する言葉があるのならば、それは落雷以外に無い。人間をただ打ちのめし、絶命させる神鳴り。

相対するは、『力』を持たない人間一人。手にするは軍用大剣。鉄の剣を以てして、神鳴りに敵う道理はない。彼の運命は、悲劇的なものと決していた。脚を止めても、駆けさせても変わらない。その頭蓋《ずがい》は落雷をもって両断される。

「一つ」

――けれど、人間は落雷を避けるのではなくむしろ向かった。

それこそが、唯一の活路とでも叫ぶ様に。

いいや違う。活路などではない。死路だ。生きるべき道は、とうの昔に切り捨ててしまった。リオという人間は、それだけは何よりも得意だ。ただただ、『偏る』だけの生命体。

カーマイン山の日々から、それは同じだ。命など、即座に放り出して見せよう。

『三秒』先に、勝利があるのならば。

アネルドートはそれを見て、ただ嗤った。

「ア、ァァァアアアア――！」

落雷すらも覆い隠す蛮声。空中を真っすぐに駆ける戦斧は、小賢しい人間の思惑を一瞬で看破した。

自分は両断されても構わない。左腕と左足を犠牲にしよう、代わりに、鬼の胴を貰《もら》い受ける。彼の『仮想』は、それを可能だと判断した。鬼を獲れると。

「二つッ！」

ただの一度、慢心した。鬼を前に慢心した人間が与えられるのは、打ちのめされる運命のみ。

次には、リオの顔が蒼白《そうはく》に染まる。絢爛闘士としての仮面が、いとも容易く吹き飛んだ。

突撃する彼を前にして、勢いよく振り回されていた落雷が――反転したのだ。

「ッ⁉」

戦斧を相手に振り下ろすのではなく、長柄を振り上げ敵を粉砕するために。無論、そんな真似を人間が行えば筋肉が引きちぎれる。鬼の膂力であるからこそ可能とする、急反転、急加速。

リオの『仮想』を超越する、実体。『三秒』の更に先。

音が鳴った。耳の奥に風切り音が鳴り響く。けれど止まらない。もうリオの身体は止まれない。

不思議な事だった。その刹那の時間、リオは確かに聞いた。がちりがちりと、自分の歯の根が震えるのを。今まで渾身《こんしん》の力をもって抑えつけて来たはずの恐怖が全身にこみ上げてくる。

アネルドートが、言った気がした。

「やはり、子犬だな」

――雷鳴の如く、巨大な戦斧の柄がリオの鳩尾《みぞおち》に突き刺さる。

吐き気がこみ上げてくる。全身の細胞が痙攣《けいれん》する。神経という神経が悲鳴をあげ、視界が明滅した。

顔面が蒼白になる。失ったはずの臆病《おくびょう》さが指先で産声をあげた。しかし恐ろしかったのは、急所を走る激痛ではなかった。

自分が絶命していない事が、リオには何より恐ろしかった。

内臓は破裂していない。骨は軋《きし》んだが折れてはいない。観客席から見ても、それははっきりと分かるだろう。リオはただ、打ちのめされただけなのだ。

命を賭《か》けて尚、鬼にとっては不足。

痛みに立ち上がれず、四《よ》つん這《ば》いとなったリオにゆっくりとアネルドートが近づいてきた。今の彼には、ただ顔を上げ睨《にら》みつける事しか出来ない。どれほど精神を奮い立たせても、身体が言う事を聞いてくれない。

アネルドートが、魂の底まで射貫く瞳を開いている。全身を硬直させた。再び落雷のような一振りがくるのではと、怯《おび》えがはっきりと出てしまった。

だが彼女はもはや戦斧を振り上げるのではなく――指先で首を押さえながら、片手でリオの頭を軽く撫《な》でる。

ぽかんと、状況を察せないリオに向け、アネルドートは笑みを浮かべて言う。

「怯えるな。貴様が本当に闘技者たるとは思っておらん。『子犬がじゃれつく』程度に癇《かん》癪《しゃく》を起こすほど、短気でもない。それに、貴様。そうか、やはり」

確信して言えるが、それは決して慈悲などではなかった。

尊厳を踏みにじる侮辱であり、人間という種族への嘲笑《ちょうしょう》だった。貴様の命を賭けた振る舞いなど、子犬のじゃれつきに過ぎないと。

「貴様はそうして、無力に寝ているのがお似合いだ。——男ならば、男らしくな」

バレた。当然だ。アネルドートほどの実力者なら、触れただけでその程度は分かる。

けれど、彼女はそれを公表する事はない。喉《のど》を鳴らし、嘲笑するだけ。

何せ、首一つ、指先で押さえられているだけで、リオは抵抗さえ出来ないのだ。どれほど酸素を蓄えようと、筋肉に力を込めようと。

それは観客席から見れば、本当に子犬をあやしているかのよう。

多くの観客が理解した。決着はついた。そうしてやはり人間は、精霊には抗えない。

「——決着とする。両者、武具を収めるように」

議長クライムの声がかかる。瞬間、少しだけアネルドートは指の力を強めた。笑みを浮かべたまま言う。

「寝ていろ——その内に、全て終わっている」

呼吸が途切れる。意識が朦朧《もうろう》とする。視界から色が消えた。

まるで鬼の指先に操られるかのように。リオはそのまま意識を途切れさせた。

＊

「――ッ！」

ディアは冷静であろう、と思っていたのも忘れ、席を飛び出す。

死んではいない。大丈夫、大丈夫だ。懸命に心に言い聞かせ、全身に汗を垂らしながら駆ける――その腕を、細い指先が搦め捕った。

「何処へ行くつもり？」

「何処、って……⁉」

リオの所以外、何処があるのか。万力のように腕を搦め捕って離さない、エミーの横顔を見ながらディアが口にする。

「私の、私の所為です。私がリオに、無理をさせてしまった！」

だから、せめて傷つき、倒れ伏したならば。すぐ傍にいてあげたい。それが主人としての義務だと、ディアは信じる。当然の心情だ。

むしろ不思議なのは、エミーの態度だった。共に観覧していたマミーや、アエローも同様の疑問を抱いている。この中で、最もリオの安否に一喜一憂しそうだというのに。

けれどエミーは、両脚を組んで、席に座ったまま言う。

声は鉛が含まれているかのように重かった。

「座りなさい。まだ、一つの闘技が終わっただけ。貴賓席に案内されているわたくし達には、最後まで見守る義務がある」

何を、言っているのか。義務と、リオとどちらが大事か分からないわけではないだろうに。

そう反論しようとしたディアの唇は、次の瞬間に強く閉じる。

エミーが、ディアの身体ごと腕を引き寄せたからだ。二人の顔が、呼気すら絡み合うほどに近づく。眦《まなじり》を大きく痙攣させて、エミーが言う。

「ふざけているの、貴女《あなた》は？」

「それは、どういう」

「彼に、これ以上の恥をかかせるつもりかと言っているのよ」

同時、エミーの犬歯ががちがちと震えているのに、ディアは気づいた。驚くほどの憤激と動揺。今の彼女には溢《あふ》れんばかりの感情が同居している。

それこそ、ディアと全く変わらぬほどに。

「彼は敗北した。ええ、完膚なきまでにね。それで？　次は雇用主が大丈夫？　怪我はない？　と狼狽《ろうばい》して駆け寄るですって。これが、どれだけ侮辱的な事か、貴女には分からないの」

碧眼《へきがん》が強く見開かれる。指先が、硬直した。

「それは闘技者に力がなかったと、周囲に大声で語るようなものでしょうッ！　ただでさえ人間のあの子は、次からどうなると思う⁉　闘技者じゃなくて、ただのお遊びと思われるのでしょうね！」

それが果たして、リオが望んでいるものか。それこそ彼の尊厳を踏みにじる行為では、ないのか。

大きく呼気を漏らしながら、ディアは自らの席に座った。未だ自分の腕を握るエミーの指先は、強い感情に悶《もだ》えている。

「……失礼しました。取り乱しました」

「いいえ、案外、貴女が取り乱さなかったら、わたくしが同じ事をしていたわ」

歯を噛《か》み砕《くだ》くような勢いで、エミーが告げる。今しばらくは、この席で耐えなければならない。たとえどれほど焦燥が背筋を焼こうとも。

ぽつりと、エミーは更に口内で一言を口にした。それはアエローやマミーは勿論《もちろん》、ディアにも聞こえないように漏らした声。

「高くつくわよ、アネルドート」

その視線が、闘技場から退場する鬼の姿を捉《とら》えていた。

断章――Ⅲ

「お疲れ様でした。我が主。如何《いかが》でしたか、人間の闘技者は」

ネイルが控室でアネルドートを出迎えた。次の闘技は明日《あした》となるだろう。従者が控室に入ることも許される。

アネルドートに与えられた控室は、リオや他参加者のものより随分と手広い。議員として、何より第一階位の精霊としての待遇が彼女には約束されていた。

ネイルが用意していたワイングラスを手に取りながら、アネルドートが言う。

「愛らしいものだった。アレなら飼ってやっても良い。――だが少し不味《まず》いな、弱すぎる」

想定では、アネルドートの遊びの一振りくらい防いで見せるはずだった。だが弾くのが精々とは。

――頭が痛む。呼吸を整えながら、ワインを喉に流し込んだ。

どうにも、この痛みが来ると感情の抑制が利かなくなってしまう。

「提案致します。計画を修正されては。此度の結果をもってすれば、我が主に賛同する議員も多くなるはず」

「いいや、駄目だ」

ワイングラスをゆっくりとテーブルに置いてアネルドートは告げる。

「クライムは老いた大樹だ。奴は決して私の案に全面的賛成はしない。必ず、妥協案を探るはずだ。ハーレクインの蝙蝠《こうもり》とともにな。政治的には正しい、だが必ず国家の誤りとなる」

「では」

「ああ、大樹にはご退場願う。その為に正義解放戦線の豚どもに餌を与え、エルギリムの子犬を好きにさせた。撒《ま》いた餌の分は、回収せねばならん。この際、『穏健派』の主張を一掃する」

「承知致しました。時を合わせ、『彼ら』に合図を出しましょう。全てを呑《の》み込まずとも、こちらの異変は感じるはずです」

頷《うなず》き従いながらも、ネイルは己の主を見て思う。

恐怖を覚えるに、相応《ふさわ》しい主だ。愛らしいと思って尚、容赦をしない。打ちのめす時は、相手を襤褸《ぼろ》にするまで自らの目的の為に利用する。

——自らの主は、こんな精霊であったろうか。

不意にネイルは思った。疑うべきではない主に、一瞬だけ異様を感じ取った。かつて自分が忠誠を誓った誇り高き主は、このような陰謀を張り巡らせる精霊であっただろうかと。人間相手と言えど、誰かを侮辱するような性根であっただろうか。

しかしすぐに思考からその思いをかき消す。アイアンゴーレムの一族は、代々その全てを主に捧《ささ》げるもの。幼き日からオルガニア家に与えられた恩と、アネルドートから受け取った庇護《ひご》を一日たりとも忘れた事はない。

その為には、『個』の判断などいらない。主の意を汲《く》み取る『忠』さえあれば良い。彼女こそは万夫不当にして豪勇無双の精霊なのだから。

「では、これより行われる謁見の際に」

「ああ、それで良い。頼んだぞ、ネイル」

主の言葉を受け、ネイルはそっと控室を後にした。この後、自分がすべき事を理解していたから。何が行われるのか、全てを承知していたから。ならば自分はその用意全てを整え、着火しなければならない。

——全ては、我が主が描く国家の為に。

リオとアネルドートとの闘技の後、数戦を終えて、冠上闘技の初日は無事に終了した。

つつがなく、進行に何の支障もなく。偉大な儀式の半分を終えたのだ。

多くの議員はその事に安堵《あんど》した。出場者たちが啜《すす》る美酒と苦汁の事は、彼女らが考慮すべき事ではない。

いや唯一、その心情に心を配っていた精霊も存在する。

議長クライム＝アールノット。

彼女だけは全ての闘技者の心を推し量り、汲み取らねばならない。

何故なら、初日と二日目それぞれに、その日戦った闘技者と顔を合わせるからだ。謁見を許し、言葉を交わす。

かつてこの儀式が、精霊王によって執り行われるものであった時、これは王に拝謁できる数少ない機会であった。

王という地位が失われ、議会が国家を統治する事になっても、儀式の一端としてこの謁見の儀は残っている。

蠟燭《ろうそく》を灯しただけの長細い謁見の間。かつて王が使った座にクライムは座り、正面の扉から入ってくる謁見者に言葉を与える。薄暗くしてあるのは、かつては王の貌を見る事は恐れ多いとされていた事が由来だ。老いたクライムにとっては、余計なお世話だったが、彼女でも伝統は崩せない。

一つずつ拝謁を済ませ、クライムは枯れはじめている指先を軽く曲がらせた。

次の謁見者の名を見たのだ。

──エルギリム訓練場、リオ。種族は人間。

人間がこの謁見の儀に臨むのは初めての事だった。歴史的に彼らは敗者であり、精霊の奴隷である。同じ舞台に立つ事が許されるはずもない。

だが時代は過ぎ去った。もはや五百年。当時を覚える精霊も少ない。融和の一環として、ハーレクインの提案をクライムは許可した。

誤りであった、とは思わない。彼女は惨敗を喫したが、相手も悪かった。それよりも人間が参加したという事実の方が大事だ。

それに、実はクライムの胸中に一片ではあるものの、願望もあった。

五百年前。未だクライムが若木であった頃。彼女は精霊と人間の大戦を見ている。

信仰に値する数多《あまた》の大精霊がいた。呼吸の代わりに嵐を打ち鳴らし、津波を起こして大地を食い尽くす偉霊がいた。天を覆い尽くし、槍《やり》の雨を降らせる神の尖兵《せんぺい》がいた。

数多の森が焼け落ち、山が毒に塗れ、河川が涸れ果てた。思えば、あの時の精霊はほぼ全てが自然へと回帰してしまった。

──だが、人間たちはそれを相手に戦争を続けた。十七年。ただの防衛ではない。彼らは大精霊を討滅し、偉霊を切り捨て、神の尖兵を撃ち落とした。

大樹は回顧する。凄《すさ》まじい、言語を失うほどの大戦だった。神霊の支配を受け入れた我らと、神霊の支配を拒絶した彼ら。数え切れない人類の英雄が、精霊を斬獲していった。

クライムはあの日の恐怖を未だはっきりと覚えている。けれど同時に、彼らの輝きも記憶していた。

彼らは、精霊にとって唯一の名誉ある敵だった。誇り得る好敵手だった。

「五百年の間に、随分と変わっちまったね……」

だが、大戦の後、急速に人間は衰退する。名のある英雄たちは失われ、家畜に堕とされた彼らは精霊に抗する手段を全て逸失した。

衰退は何も彼らだけではない。

精霊も同じく、だ。人間という敵を失い、精霊は大陸の覇者となった。

頂点に立った生物が、その後どうなるか。結論は一つだ。後は転がり落ちるだけ。かつて自然を制した権能は失われ、神霊からの『恩寵《おんちよう》』に縋《すが》るのみになった。『霊腐病』と語られる疫病が蔓延し、精神に異常を来すものも多い。

――まるで『世界』そのものが、五百年前から衰退を続けているかのようだった。

クライムは内心に、リオに一つの期待をかけていた。僅《わず》かな、砂粒ほどのものではあったが。

もしかすれば、もしかするならば。人間は再び、精霊に抗う『力』を手に入れたのではないかと。再び『英雄』が現れ、『世界』を引き上げる起爆剤になるのではないかと。

だが、結果は無惨なものだ。クライムはリオの文字を指でなぞりながら、番兵に彼女を呼ぶ様に告げた。

数分して、すぐに彼女は来た。闘技の時と同じ姿をして、クライムの前に膝《ひざ》をつく。落胆しているかと思ったが、そんな様子はなかった。床に敷かれた赤い絨毯《じゅうたん》の上では、彼女のドレスがよく映える。肩口まで伸ばした頭髪が彼の顔を覆い、暗闇の中では余計に見えづらくなっている。

「お前さんの闘技はよく見ていたよ。アネルドートを相手に、よくもまぁ一撃を当てようとしたもんだ。今こうして生きている事が奇跡みたいなもんさ。老婆心ながら、心配になる戦い方だったよ」

祖母が孫に言うような素振りでクライムは言う。リオは無言のままそれを受け取っていた。

「じゃが、立ち向かう気概があるだけで今は十分だ。そいつはしっかりと見せて貰《もら》った。ワシが悪くはせんよ。そうさな、エミーと——ディアの嬢ちゃんにも伝えてやりな。エルギリムとは大昔、ちょっとした親交があってね」

そう言った途端だった。リオが立ち上がる。そうしてそのまま——腰元の剣を勢いよく引き抜いた。

武具を提げた入室は、闘技者の誇りとして許される。しかし、それを引き抜いたものは有史以来初めてだ。何故なら、その後の自分の命は保証されない。

「何、を——ッ！」

途端、クライムは気づいてしまった。剣を引き抜いたリオの霊素量。明らかにそれは、人間のものではない。

リオが、いいや『ソレ』がクライムの動揺の隙間を縫うように飛び込んでくる。反応が遅れた。しかし、刃一つを搦め捕るくらいクライムには何という事はない。

——他に邪魔がなければ。

クライムが伸ばした枝葉が、瞬く間に戦斧《せんぶ》によって切り刻まれる。咄嗟《とっさ》の対応の全てが叩《たた》き伏《ふ》せられ、もはやクライムに『ソレ』を押し返す『力』はない。

リオの姿をした何者かが、クライムへと突撃した。刃が深く、深く突き刺さっていく。

「——本当に、老いぼれたな。クライム。百年前の貴様なら、この程度の変貌《へんぼう》、見破れぬはずがないものを」

遠くから、声がした。アネルドートの鋭い声色。刃が突き刺さる迄《まで》はっきりと近づいてようやく気付く。相手は人間ではなく『無貌』のアイアンゴーレム。一切の貌を持たぬ者。一切の貌を偽る者。

そうして、突き刺さった刃は――。

「何の、つもりだい。アネル、ドート。ワシを失わせた、所で。何も」

「いいや、変わる。老いた大樹、貴様の時代はもう腐臭を放っていた。これより、新たな時代となる。精霊が完全に人間を管理する時代にだ」

アネルドートの足元に、番兵の首が転がっていた。恐らくは、障害となる全てを斬り捨てたのだ。

そうして今、クライムすらも。

老樹に突き刺さった刃は、宝物殿から盗み出された神具『冠絶《トウリア》』。かつて、神霊によって作られた精霊殺しの剣。かつて、人類王と名乗る不遜《ふそん》な輩が、精霊に対抗するために用いた剣。

ただの刃では、この大樹は死なない。霊素を腐敗させ、破壊するこの大剣でなければ。

「馬、鹿な。お前さん、がこんな真似を……」

おかしい。クライムは必死の思いでアイアンゴーレムの身体を掻《か》きながら、吼《ほ》えた。

アネルドートは、手段を選ばぬ所はあった。強硬的な面はあった。だが、そのどれも目的は精霊界の調和を目的としたものだ。

だからこそ、暗殺のような真似など、このような流血を望む真似などしなかったはず。

クライムがここで死んだとして、それを全て人間の罪科としてなすりつけるつもりか。

だがそれだけで収まるものか。一度流血で物事を解決すれば、必ず同じ解決方法は踏襲される。血で血を洗う闘争が始まるのだ。

こんな短慮を、聡明《そうめい》なアネルドートが選ぶはずが。

「――ッ。ネイル、早くその老樹を斬り刻め。それで終わりだ」

クライムの眼が見開く。一瞬、アネルドートが頭をふらつかせたのが見えた。痛みに悶《もだ》えるように、呼吸を荒げるように。その輝く瞳《ひとみ》の奥底が、掠《かす》れて見えていた。

「アネルド、ォト！」

『霊腐病』。精霊の霊素の流れを狂わせ、感情は暴発し、強欲に飲まれる病。

どうして気づかなかった。気づくべきだった。あの日、彼女が法案の採択を望んだ日。

彼女がそんな馬鹿な真似を望むはずがないと、自分が気づくべきだった。

絶望的な後悔の果て。刃がクライムの核を貫いた。老樹は五百年を超える生命に、終止符を打った。

その瞳には、涙が零れている。まるで遠い未来、精霊の滅びを見たかのような一滴の涙。

「これで良い、後は手筈《てはず》通りにやれ、ネイル」

無貌のアイアンゴーレムは、主に従順に応える。

「承知しました。我が主。エルギリム訓練場の者らを、主犯としてただちに拘束致します。証拠はすでに作り上げております」

STATUS

種族名
オーガ

階位
第一階位

恩寵
断絶

彼女らは長い歴史の中で、戦士階級、騎士階級として台頭する。
政治よりも遥かに、戦場を愛したゆえである。
しかし貴族という階級になくとも、彼女らは常に万霊の尊敬を勝ち得ている。

戦場で彼女らが槌を振るえば脳漿が飛び、剣を振るえば骨が断ち切られる。
死肉を喰らう獣が起因であるゆえか、時に過剰なほど死を呼び込む彼女らは、正しく鬼である。

第五章／世界は公平ではない——過去も未来も

カーマイン山での暮らしは、決して過酷なだけではなかった。素晴らしいとは言えない、しかし細やかな幸福に溢《あふ》れていた。たとえそれが、竜に支配された山だったとしてもだ。

リオが生まれた村落は、代々竜に仕える一族が住んでいた。竜にとっては気まぐれに居座っている山であっても、五百年も超えれば人間にとっては先祖代々から敬う偉霊と同じ。

彼らは竜に捧《ささ》げものをし、竜の庇護《ひご》を願う。険しい山脈では取れる食事は僅かなものだったが、たとえどれほど貧しくても彼らは竜への献身を忘れなかった。彼らはその暮らしを平和と考え、家族を作り幸福に生きていた。

問題は、彼らが致命的な勘違いをしていた事だろうか。

竜は村民たちに、何ら感情を抱いていなかった。庇護の念も、親愛も、怨嗟《えんさ》も、何一つ。

何せ、そこにいた人間達は竜が知る人間とは違い過ぎた。彼らは望んで、竜の家畜になったのだ。

家畜に感情を抱くほど、竜は情深く無かった。だがそれは、ある意味で平和の礎だったのかもしれない。

「今日もまた、竜神様のおかげで恵が得られる」

村人はそう勘違いし、竜は無関心に彼らを忘れ去る。彼らはそうやって生きて来た。五百年もの間、平穏に。

初めて問題が起こったのは、リオが生まれた後だった。村落には、一つの風習があった。竜への捧げもの。そこには、人間の生贄《いけにえ》も含まれている。竜は人間の命を欲するのだと、彼らは本気で信じていた。

数年に一度捧げられる生贄を、竜は気にせず火口に放り出す場合もあれば、遊び道具にする事もある。けれど結末として死ぬことに相違はなく、そうして竜はどちらにしろ村民に手を出さなかった。

――次、その生贄に選ばれたのはリオだった。

彼は精霊が好むと言われる蒼黒《あおぐろ》い瞳を持っていた。竜には男の方が好まれると伝えられていた。まだ子供と言える年齢で、彼は生贄が何時もする通り、竜が座すると言われる祠《ほこら》に一人で向かった。

そこで初めて、リオは『竜』を見た。

竜は大きな翼の代わりに、複数の腕を持っていた。長い頭髪を持ち、肉体は女性のそれと変わらない。多腕を器用に動かしながら、竜はリオに声をかけた。間違いなくそれは、戯れだった。

「死にたいか、それとも生きたいのか？」

リオが死にたいと言おうが、生きたいと言おうが結末は同じ。ただ数年ごとに送られてくるこの人間どもが、何を考えているか気になっただけ。

けれどリオは言った。言ってしまった。

「その、貴方《あなた》は、あまり生きたくなさそうですね」

その時の事を、竜は勿論《もちろん》、リオも忘れなかった。

数秒の沈黙。からの、

「――アハ、アハハハハハハッ！」

祠に響き渡るは、竜の哄笑《こうしょう》。竜はカーマイン山に座して五百年、初めて笑った。山脈全体が、揺れ動くほどの轟音《ごうおん》で。

これを幸か不幸か問うのであれば、竜にとって幸福であり、リオにとって不幸であった。

ただの一度も、衰退した人間に興味も関心も持たなかった竜が。その双眸《そうぼう》を、見開いてしまった。一人の子供を、視てしまった。

竜は知っていた。過去一度、そんな言葉を自分に放った人間がいた。お前は、生きたくなさそうだと。

人間は『英雄』だった。竜はその人間に敵わず、怯《おび》え、震えながら逃げ続けた。僻地《へきち》たるカーマインの一角で、ようやくその人間を罠《わな》にかけて食い殺した。

この山は、竜が立てたその男の墓標と言って良い。今、その男と同じ言葉を放つ人間が現れた。

竜は——その日の内に生贄の子供以外、村落の全てを焼き尽くした。より苦しむ様に一瞬では終わらせず。阿鼻《あび》と叫喚を響かせて、子供にその光景を見せ続けた。

そうして竜は言ったのだ。

「——今度は、汝《なんじ》が逃げ続ける番だ。我から逃げ続けて、いずれ我を殺してみろ」

実に嬉《うれ》しそうに、歓呼の声をあげながら。実に楽しそうに、夜を駆けて化物は言った。

リオの魂に、自身の声を刻みつけるかのように。

「悠久に我を想い『仮想』せよ。幾万もの我を映し、幾億もの我と戦え。怯え、惑い、しかして咆哮《ほうこう》せよ。汝が瞼《まぶた》を閉じれば、そこには我がいる。それこそが、我から汝への復《ふく》讐《しゅう》だ」

道理も、理屈も無い、一方的な復讐。

あの夜が、今もリオの背から離れない。

ああ、そうか。『仮想』は、あの竜から、刻み込まれた呪いなのだ。

目を、覚ます。

「っ――最悪、だ」

久しぶりに、故郷の夢を見た。見たくなかった夢を見てしまった。

あの竜は、今も自分を探している。いいや、どこにいるか知った上で遊んでいるのかもしれない。だが、もし襲い掛かってこられれば確実に自分は死ぬだろう。自分は竜どころか、鬼にすら敵わなかった。

しかし再び目を閉じながら、リオは全身から力を抜いた。

呼気が深く零れていく。虚しさが心に満ちていた。竜に食い殺される。それでも構わないと、思えてしまったのだ。十年間、出来る限りの全てを為した。それで届かないのならば、もはや自分はそれまでの人間だったというだけ。

――自然と、瞳から涙が零れた。

才能と呼ぶべきか、生まれと呼ぶべきか。天から与えられるというそれが、自分には無かったのだ。

実によくある結末に過ぎない。ただ自分の生涯が、ガラクタだっただけの事。自分は、

『英雄』ではない。

その場に横たわり、寝がえりを打とうとした瞬間、リオは自分が寝転がる場所が随分固い事に気づいた。石作り。控室のベッドでは、ない。

アネルドートに敗北を喫した後、通路にでも放り出されたのだろうか。ぐるりと周囲を見回すと、視界に鉄格子が映った。加えて、両手には鉄製の枷《かせ》。

「――うん？」

流石に、朦朧《もうろう》とした頭が覚醒《かくせい》を始めた。事態の異常を感じ取っていた。自分が奴隷なのは勿論だが、だからといって牢屋《ろうや》に入れられる理由はないはず。

「……起きた？　リオ。丸一日は寝てたね」

明瞭《めいりょう》な異常の中で、聞き慣れたディアの声。咄嗟《とっさ》に振り向き、正常を呑《の》み込もうとした。けれど、ディアの姿もまた異常だ。彼女の居場所はリオからは対面の――牢屋。美しい銀髪をはらりと落とし、リオ同様に手枷《てかせ》を嵌《は》めた姿でそこにいる。手枷は石作りの壁に鎖で繋《つな》がれていた。奴隷どころではない。まるでそれは、罪人のよう。

「あーあー、御大層な身分な事だなぁおい！　誰の所為で私らがここにいんのかも分かってねぇみたいだけどよぉ！」

アエローの存在に気づいたのは、彼女が酷く苛立《いらだ》たし気に声を発したからだった。彼女はディアと同じ牢屋の中、同じく枷に繋がれている。

「誰の所為で、って。どういう事です……？」

「……ああ、知らねぇと思ってたよ、クソが」

アエローは両手の代わりに両脚が枷に繋がれている。毒づきながらも、何処か疲れ切った様子が見て取れた。

「そうねぇ。どこから説明するべきかな。取り敢えず、楽しかった思い出話とかした方が良くない？」

「ディア様、戻ってきて!?　それ現実逃避ですからね!?」

ディアが横道に逸れようとした所を、アエローが無理やりに引き戻した。

「端的にいうとさぁ。リオ——君には、百霊議会議長、クライム卿《きょう》を殺害した容疑がかけられている。いいや、もー確信されてるねあれは」

「は、ぁ？」

一体何を告げられているのか。数秒リオは理解できなかった。自分が、誰を殺した？　精霊の、それも第一階位たるクライムを？

余りに性急。余りに唐突。情報がどれほど正確でも、脈絡のない事実を人間の脳は受け入れられない。

とはいえ、ディアにしろ受け入れているわけではないのだろう。ただ、無理やり飲み干しただけ。

「──私が聞いている事実だけを言うと、君は闘技の後、医務室へと運び込まれた、らしいんだよね」

らしい、と告げたのはディアにしろアエローにしろ、その間リオと合流出来なかったからだ。

冠上闘技において、負傷した闘技者は医務室にて万全の治療を受けられる。可能な限り死者を出さないというクライムの方針でもあった。

特にリオは、人間の身であのアネルドートと打ち合ったのだ。検査も含めて医務室に運び込まれるのは当然だった。

問題は、それが夜遅くまで続いた事。そうして、

「その夜に、クライム卿は殺害された。闘技者たちの謁見中、護衛とともにね」

「それを、僕がやったと？」

「複数の護衛が、謁見室から逃げ去る君を見たとそう言っている。その時間、医務室から消えていた証言も出ちゃった。それが事実か、事実でないかに拘わらずね。そうして、他に嫌疑者がいない」

いいやむしろ、唯一の嫌疑者である人間奴隷の犯行だと、誰かが物事を収束させようとしている。そのような空気をディアは感じていた。

「それで、雇用者のディア様。同じ訓練場出身の私も牢屋入りってわけだ。協力者の疑いってかぁ？　ハッ！　いい迷惑だ！」

「僕は、僕はやってません！　そんな真似、出来るはずが！」

アエローが、忌々し気に歯を打ち鳴らして言った。

「――んな事、分かってんだよアホが。お前がするわけがねぇだろーが！　けどなぁ、もうどうしようもねぇんだよ！」

がしゃん、とアエローの拘束具が激しく鳴る。彼女の言葉にはリオへの信頼と、それ以上の慟哭《どうこく》が宿っていた。

理不尽を、不条理を、嚙《か》みしめる音だった。第四階位のディアまでもが、こうして牢屋に入れられているのだ。そこには多くの議員の賛同と、根回しが済んでいるに違いない。ディアにも、アエローにも諦観《ていかん》の色が浮かんでいる。抵抗も反論も、尽くせるだけの事は、リオが目覚めるまでに尽くしているのだろう。

「……そんな、事」

「……最悪の上塗りとして、クライム卿の死は外部に漏れたらしいのよ。その所為で正義解放戦線とかいうややこしいのが、グラム内部で反乱を起こしたんだって。議員連中はそいつらへの対処と、議会運営の対応に追われて、私達への処罰はお預けってわけ。まぁ多分処刑だろうけど」

何せ、冠上闘技の狭間《はざま》に起こった事件だ。本来緊急時に実権を持つはずの議長は不在。議員連中はお互いに牽制《けんせい》をしあっているし、新たな議長の座を狙う者もいる。

「正義解放戦線の連中は、同じ人間だからってリオを旗印にあげてる。もー最悪の最悪の最悪！」

ロコートの顔が、リオの脳裏に浮かんだ。彼が語った内容を、思い返した。

——お前が俺達の味方になれば、こいつを殺せる。法案を潰せるんだ。どうだ、仲間にはなれずとも、同胞の為に手を貸す事は出来るだろう？

馬鹿げた妄言だと思っていた。だが事実そうなった。

まさか今回リオを嵌めたのは彼らなのか？　いいやそれはおかしい。もし彼らがクライムを殺したのなら、堂々とそう公言すれば良い。

わざわざ精霊の奴隷たるリオの名を出す事はないのだ。彼らとリオの間で、企てを行っている者らがいる。それは誰か。

「っ。ディア様は、どうされるんですか、これから」

自分達が嵌められた事は間違いがない。打てる手立ても、まずないだろう。三者ともにそれを実感している。だからこそリオは、ディアに問うた。

十年以上を彼女と過ごしたゆえの習性だろうか。彼女ならば、幾ら現実逃避はしていても、ある程度現実的で先を切り開くための案を持ち合わせているのではないかと、そう思った。

「──今この場で打てる手はないからね。今は待つしかないでしょ、場が好転するのをね」

吐き出て来たのは、諦《あきら》めに近い言葉。顔をあげたまま真っすぐにリオを見て、ディアは言う。

無理だと、打開の策などないと。それはリオとアエローにとって、絶望の宣告であった。

反射的に、顔が下を向く。とうとう、終わりか。

「ちょっとちょっと、何をしてるのよ。私の闘技者が、たかがこれしきの事で顔を俯《うつむ》かせてどーするの！　別に私は諦めたわけじゃないわよ！」

そんな思考を見透かしたように、ディアが言った。

「生涯を賭《か》けた事業、命を捧《ささ》げた行い。そんなものが失敗した程度で、絶望なんてするもんじゃないでしょ。罪を着せられるのも、不条理な拘束も、よくある事よ！」

枷を付けられたまま、身動きもろくに出来ない姿で、ウッドエルフの姫君が言う。

顔をあげたまま、それこそが誇りだとでも告げるように。

「過ちなら私の方が遥《はる》かに多く繰り返しているわ。自暴自棄なんてのは、誰だって出来る。大事なのはどん底でこそ、誇りを持つ事。リオ、貴方《あなた》は『竜の征服者』になるんでしょう。アエローちゃんは、種族の差なんて覆して見せるんじゃなかったの。夢を見るのに、俯いている暇なんてないのよ」

リオ以上に、アエロー以上に年月を積み重ねて来たからこその言葉。彼女の言葉には、どこかに実感があり、どこかに寂寥《せきりょう》がある。

思わずリオが、言葉を紡ごうとした瞬間だった。

「流石、わたくしがリオきゅんを預けただけはあるわね。わたくし、エルフは好きじゃないのだけれど、貴女は嫌いじゃないわ、ええ」

そんな風に言いながら、彼女は足音を鳴らした。リオとディアたちを隔てる中央の通路を、彼女とその従者は歩く。

エミー＝ハーレクイン、従者マミー。

「エミー様――」

「――言わなくていいわ、リオきゅん。事情は把握しているから、マミー？」

「了解してますぜ、マイマスター」

鉄製の音を立てて、マミーが懐から複数の鍵《かぎ》を取り出す。それが何の鍵であるかを、問う必要はないだろう。

「ハーレクイン卿、それは、貴女の立場を危うくするんじゃないんですか？」

「危うくする、なんてものではないに決まっているじゃない、ディア。公都にはいられなくなるわ。自領に引きこもらないとね」

でもどうせ同じ事よ、とエミーは続けた。

「屈辱よ。『死体漁り』に嵌められたわ。まさかこうも考えを巡らせるタイプだったなんて意外よ。アレは『穏健派』の議員を一掃する腹積もりみたい。人間による議長の死、大規模な反乱。今後、公国の動静は『強硬派』――いいえ、アネルドートに握られる。わたくしたちの敗北よ」

暫くは自領で息を潜めるしかない。アネルドートが完全に実権を掌握するのには時間がかかるはず。

その間に『穏健派』の者らと繋がり合うか、もしくは他国と共謀するか。

「間違いなく、公国は戦場になるわ。貴方達の生死はさほど問題にならない。もう、そんな地点は過ぎ去ってしまった。だからこれは、わたくしの最後の責務」

マミーが一つ一つ、鍵を外していく。リオの手枷を真っ先に、次にはディアとアエローのものだ。

如何《いか》に罪人の牢《ろう》とはいえ、エミーの名を以てすればその鍵を入手する事くらい、容易い。いいやもしかすると、実力行使に出たのかもしれないが。

「ディア。約束は果たしてもらうわ。リオきゅんのパトロンになった時の最初の条件、忘れたわけじゃないのでしょう?」

「……はい。リオが私の手で守り切れなくなった時は、所有権を放棄する、という件ですよね」

「ディア様ッ⁉」

リオは一瞬で、彼女らの問答の意図を理解した。

「お得意の、ごたごた言うのは今はやめとけよ、リオ。どうしようもねぇだろ、こうなったら」

この先、公国において人間は明確な敵対種族に認定されるだろう。そうなればディアにはリオを庇護《ひご》しきれない。エミーの元に置くのが最も安全だ。

「と言っても、貴女達にも来てもらうけれど。特にディアにはね」

リオの視界の先で、光景が流れていく。自分の知らない所、関われない所で全てが進んでいく。

ああ、またか。また、これが始まるのか。

世界は不条理で不道徳。力無き者は力有る者の道理に引きずり回されるしかない。幸不幸というものは自らで摑み取るものではなく、強者の気まぐれによって引き起こされるものなのだ。

弱者に自由などない。まして、人間の身であれば尚の事。

カーマイン山にいた頃からそうだった。知らない間に生贄にされ、竜の呪いを受け、奴隷となった。選べた道はただ二つ。奴隷従者となるか、奴隷闘技者となるか。

リオが後者を選んだのは、竜と戦うため、等という高尚な理由だけではない。闘技の間だけは、奴隷にも唯一の自由があったからだ。

勝利も敗北も、美酒も苦汁も、快楽も屈辱もリオただ一人だけのもの。他の道であれば、決して得られないだろう自由。

だからリオは、本質的には臆病者の癖に闘技を望んだ。顔面蒼白になりながらも、闘技の中に自由を求め、そうして誰よりも強さを求めた。誰よりも、力無き事の悲哀を痛感していたから。

「わたくしの領地に籠《こも》って、船を見繕いましょう。雷帝国には伝手《つて》があるのよ。悪くはされないはず」

思わず、リオが言う。

「あの、エミー様……オルガニア卿《きょう》は、今何を？」

「……この闘技場に籠って、事態を収束すべく指示を出してるわ。リオきゅん。だから、動くなら今すぐにじゃないと――」

マミーが持ってきてくれた愛用の剣を、手で握る。

「――申し訳、ありません。もう少し、待って頂けませんか」

「――それは、どうして？　リオきゅん」

エミーの言葉は優しい、いいや甘すぎるとすら言える対応だ。

それを理解していながら、リオは言葉を続ける。

「エミー様が仰る方が、正しいのは分かってます。僕は、精霊よりずっと弱い。きっと立ち向かうよりも、逃げ続けた方が良いに決まってる」

それはきっと、甘美な事だろう。エミーの庇護下で、彼女に求められるまま生きる。精霊より遥かに劣る人間にとって、それ以上の生き方はないのかもしれない。

だったと、しても。

「でも、今――僕に罪をきせた相手が、すぐそこにいます。敵わないから逃げるなら、敵が強いから逃げるなら、僕は最初から、剣なんて握っていません」

もしここで逃げてしまったら、きっと自分は永遠にアネルドートの影におびえ続けなければならない。びくびくと震えながら、かつて竜が望んだように、その影に永遠に追われ続ける。

そこから逃れる術は、ただ一つ。

「たとえ相手が竜でも……鬼であったとしても、逃げません。どうせ長くない命なら、そちらの方がよほど良いんです」

ディアにしろ、アエローにしろ。彼女らは精霊だ。人間より多くの時を生きる。ヴァンパイアたるエミーは言うまでもない。いずれ、逆襲の時も来るだろう。敗北に敗北を重ねても、雌伏の時を得られる。

だがリオは違った。人間は短命種だ。――彼らの平均寿命は三十年に満たない。戦争か、病気か、暴力か。必ず何かが、彼らの命を奪い去る。精霊にとっては瞬きに近い時間。

リオにしても、後十年も時が残されているかどうか。

だから彼らは、長期的な視野を持たない。今の一瞬だけを生きる。短期的な生命体。それは精霊にとっては愚かさの証明とされるものだが。

「そう」

エミーの受け取り方は違った。眩《まぶ》しいと思ってしまった。きっと永遠に、彼女ら精霊はリオのような生き方は出来ない。今に全てを燃やし尽くすなんて『偏った』生き方は出来ない。

「――申し訳ありません、ハーレクイン卿」

エミーの隣に、枷《かせ》を外されたディアが立っていた。

「折角助けて頂いた命ですが、有効に使えそうにありません」

「嘘でしょ、ディア様」

脚をぶんぶんと振りながら、アエローが呟《つぶや》く。呆《あき》れているというより、確認するという素振りだった。

ディアは麗しい銀髪をなびかせながら言う。

「私はリオの主だから、多少はわがままも聞いてあげなきゃ駄目でしょ。今なら、リオのためにしてあげられる策もあるしね。アエローちゃん、もし貴女も付き合ってくれるなら、外に出て訓練場を守ってくれない？」

帰る場所が、必要でしょ。そう、ディアは付け足した。

「……はぁ〜〜。本当、ディア様は、ディア様ですよね」

と言いながら、アエローもディアの言葉に頷《うなず》いた。エミーは大きくため息をつく。どいつもこいつも、精霊の癖に『偏って』しまった。

一瞬、マミーに目配せをしながらエミーが言った。

「それなら、本当にしてみまして？　最後の最後、無駄に終わるかもしれない。——アネルドートの暗殺」

そのための衣装も、用意してきていましてよ。エミーが頬を緩ませながら、ぱさりとリオに衣装を見せた。当然のような女装。けれど何時ものように、やたらとフリルや可愛らしさが強調された衣服ではない。

金の装飾を各所にあしらい、青の線で勇敢な騎士をイメージしたような、闘技服。

＊

高位精霊たる議員の多くは、反乱鎮圧と、混乱の抑えに動いた。

中断された冠上闘技の開催地に残る者は多くない。精々が最低限の警備程度。もはやこの闘技場は、重要でもなんでもない場所となってしまった。

「——そのはずなのに、どうしてオルガニア卿は、未だここに留まってるんでしょう？」

真っ当な問いかけだった。リオは腰に大剣を提げながら、闘技場の一角を駆ける。先頭はマミーが行き、ディアがそれに続く。リオはその次で、エミーが最後尾を守った。

「分かりやすい推論が一つあるわ。詰まり、クライム閣下の消滅を自分の眼で確認するため」

「？　クライム卿は、もう死んだんじゃないんですか？」

エミーが一瞬、ディアを見た。教育はどうなっているのかと、そう言いたげだった。

「精霊にとっても、人間にとっても、肉体の死にさほどの差はない。けれどね、魂となれば話は別よ。精霊はすぐに消えてしまうものじゃないの。集積した霊素が、それを許さない。わたくしたちは、世界から消滅するまで暫くの猶予を与えられるの」

とは言っても、何ができるわけではない。意志の疎通も、『力』の行使も不可能。ただそこに存在があるだけ。

但し、何事にも例外は存在する。ごく稀《まれ》に、目を開くものがいるのだ。魂が消え失せる直前に。存在が擦り潰《つぶ》される瞬間に声をあげ、産声のような儚《はかな》さで意志を見せるものがいる。

アネルドートがクライムを殺害した張本人であれば、ごく僅《わず》かな可能性であったとしても、その場を離れられるわけがない。

「もしも、クライム閣下の魂が声を発してしまえば、アネルドートは終わりよ。だからこそ、誰も近づけさせない。わたくし以外の議員は全て出払わされた」

わたくしは、命令を無視してここにいるけれど、とエミーがつけ加える。

「だからこそ、彼女がいるとするならば、謁見室というわけですか」

エミーに相槌《あいづち》を打ちながらも、リオは走る。長い廊下が、余計に長く感じられた。早く、早くと心が急くからだろう。

不思議だった。霊素が薄い人間の身体が、アネルドートの存在を感じ取っている。彼女に近づいていると直感する。

だからこそ恐怖した。腹の奥で感情が肥大化し、肺を押しつぶす。息が極端に苦しくなってくる。

アネルドートは強者だ。それは紛れもなく、虚偽もない。リオの身体が誰よりも理解している。

牢獄《ろうごく》を脱出する際、ディアと共に出来るだけの手は打った。それでも、アネルドートにとってみれば児戯に等しいだろう。

そんな身で、再びあの化物――否、鬼に対面しようとしている。それも、敵として。

「――ヘェーイ。こられやしたぜッ！　ェ、エェェエ!?」

瞬間、マミーが叫び――吹き飛んだ。丈夫なため先頭を走っていたが、彼女に戦闘能力はない。廊下の中を何度も跳ね飛びながらも気の抜けた声を響かせていた。

マミーを吹き飛ばした正体。長い廊下の途中、それはいた。

髪の色からつま先まで、灰色で統一したかのような服装。それでいて、鉄のような印象を抱かせる女。

「——闘技場に何か御用でしょうか。ハーレクイン卿。囚人を脱走させるだけならまだしも、更に罪を重ねようとでも？」

「ネイル。貴女こそ、こんな所で何をしているのよ。何時も通りアネルドートの世話を焼かなくていいわけ？」

互いの言葉は無意味だと両者ともに理解していた。ここにいる事自体、もはや互いが戦わねばならない運命にある証明だった。

「……仕方ないわね。一先ず、わたくしが片付けます。貴女たちは先に行きなさい」

「エミー様——？」

リオが驚いたように目を開く。最もあり得ない選択肢だと思っていたからだ。

エミーは言わば、アネルドートと唯一対等の階位。彼女に勝利するのであれば、エミーの手を借りない事は考えられない。

言わば前座に過ぎないネイルを前に、エミーが足を止めるとは。

しかし、エミーはこの時全く別の思考を走らせていた。

「早く行きなさい。止まっている暇はないでしょう」

「――はいッ！」

案外と抵抗一つなく、リオたちはネイルの脇をすり抜ける。まるでネイルは、その動きを予期していたかのようだった。

「止めなくていいのかしら？　もしかして、それほどアネルドートに忠義があるわけではないの？」

「否定します。ですが、我が主から告げられた命令はただ一つ」

ネイルはぐるりと瞳《ひとみ》を動かして言う。

「ハーレクイン卿。貴女をお止めする事だけです」

「でしょうね」

あっさりと言いながら、エミーは眼を細めた。視界の先では、リオたちが廊下の先――謁見室へ繋《つな》がる道へと駆けこんだのが見えた。

一先ずは、それで良い。アネルドートも馬鹿ではない、リオがエミーへの交渉材料に使える以上、そう簡単に殺そうとはしないはず。彼の安全はある意味担保されているわけだ。

「貴女の相手、面倒なのよねぇ。わたくし、荒事があんまり得意じゃなくて」

「光栄なお言葉です」

事実だった。ヴァンパイアにとってアイアンゴーレムは相性の良い相手ではない。生命体への干渉を得意とするエミーから見れば天敵と言っても良い相手だった。

しかしそれ以上に。

「――けれども、あの子達に任せられる相手でもないし。仕方ないわね」

アイアンゴーレムは、第三階位の精霊。

リオは勿論《もちろん》、ディアよりも格上の存在だ。必然的に、エミーが相手をするしかない。胸中でエミーはため息をついた。

リオの我儘《わがまま》だから承服したが、やはり勝ち目の薄い勝負だ。精霊ならば絶対に選ばない選択肢。

「しかし、ハーレクイン卿《きょう》ともあろうお方がこのような真似をなさるとは。少々、奴隷に甘すぎるのではありませんか？」

ネイルが淡々とした口調で告げる。近づいてくる足音は、鉄が転がる様子に近い。エミーは、瞳を大きくしながら言った。

「はぁ――」

もう一つ。リオを先に行かせた、重要な理由があった。大事で、最重要で、最高理由。

「――鉄くず如きがわたくしに、よくも言葉を吐きましたね。わたくし、アネルドートに

あの子を痛めつけられた恨み、まだ忘れてないのよ」

戦う自分の姿を、決して見られたくなかったから。ヴァンパイアが、闇夜を這《は》う鬼が。

その姿を、揺らめかせた。

*

「リオ」

ディアが前を行きながら言った。クライムの殺害現場——謁見室の扉がもう見えていた。

「言っておくけど、もう後戻りは」

「出来ない、でしょう。大丈夫ですよ、ディア様」

意味のない会話だった。ここにいる時点で、前に進む事は決まっている。しかしディアにしろリオにしろ、軽口を言わざるを得なかった。そうしなければ、口が震えを起こしそうだったのだ。恐怖の悲鳴を漏らしそうだった。

だからリオは敢えて言った。

「まさか逃げ惑ったりしませんよ、僕は、ディア様の闘技者ですから」

「はぁー、良い子を買ったわ、本当。値段以上ね」

ディアは笑みで応じた。それがどれほどの意味を持つ言葉か、十分に理解していた。

「むしろ、ディア様は構わないんですか。僕は一度負けたんですよ」

次やれば、勝てるかもしれない。闘技とはそんな単純な希望にすがるべきものではなかった。

むしろ、完膚なきまでの敗北によって、両者の格付けは済んだとみるべきだ。雇用主としてディアに求められるのは、リオの思いを尊重するよりも、冷静な判断をくだす事であろう。

「それこそ、まさかってものよ。君は、竜を撃ち落とすんでしょう。一度躓《つまず》いたからって、諦《あきら》めるなんて馬鹿げてるじゃない」

「……ディア様は、どうして僕の事を、そうも信じてくれるのですか？」

死を目前にした気安さからだろうか。リオは自然と呟《つぶや》いていた。

ずっと不思議だった。どうして、こうも彼女は自分を信じてくれるのだろう。精霊からみれば、小石にすぎないだろう人間の言葉を。

ディアの返答に、悩みは無かった。快活に、歯切れよく。

「――君は、君だけは、私の夢を信じてくれた。なら、私だって君の夢を願う。信じるとは、つまりそういう事なのよ、リオ」

それ以上の言葉はいらなかった。ディアの笑みが、全てを物語っていた。

謁見室の扉を押し開く。本来いるはずの守衛はおらず、部屋の主も失われている。謁見室には、廃墟《はいきょ》のような静けさがあった。豪華な調度品はそのままに、厳かな気配はそのままに。

ただ——本来の主の死骸《しがい》が、室内に安置されている。胸に突き刺さった刃は変わらず、肉体は欠片《かけら》も動かしていない。

それもそのはずで、精霊の死骸は下手に扱うと霊素が暴走しかねない。高位の精霊であればあるほど、その被害は甚大だ。魂が消滅するまで、この死骸を動かすような真似は出来ない。

「——本当に、来るか」

死骸の前に、門番のような様子で彼女はいた。

もはや亡きクライムと、彼女は無言の内に会話を交わしていたのだろうか。目元は昏く、ここではない遠くを見つめている。

指先は頭を押さえ、焦点が定まっていない。指先が戦斧《せんぷ》を握っているものの、力を籠《こ》める様子もない。

けれど歴然とした熱量を吐き出しながら、アネルドート＝オルガニアがそこにいる。

「信じがたい。何故このような行動に出た」

リオが、人間が愚かな真似をするのは理解出来る。だからこそ、アネルドートは人間の管理を提唱した。

だが精霊が、その愚行に付き合うとは。ここに辿《たど》り着《つ》いたという事は、エミーも協力しているはず。

「生きとし生ける者は、時として自分でも信じられない行動に出るものです、オルガニア卿」

ディアは警戒を張《みなぎ》らせながらも、前に一歩出て言った。

「しかし、悪い気分ではありません。如何《いかが》です、もう一度我が奴隷と戦っていただけませんか。——冤罪《えんざい》をかけられた者の願いを、無下になさるほどオルガニア卿は狭量な方ではないでしょう？」

驚くほどすらすらと言葉が口から出る。思わずディアは笑った。

アネルドートは一瞬、身体を傾けた。何かを堪えるような様子だった。だが、次には真っすぐにリオを見据える。そうしてから、言った。

「——良かろう。来るが良い。愚かな人間と土臭いウッドエルフ。逃げる機会はやった。それで尚死にたいというのならば」

ぐるりと、戦斧が雷鳴の如く円を描く。空気が咆哮《ほうこう》のように唸《うな》った。

「ここで、終われ」

第六章／では問おう——お前は何者か

公都グラム。精霊による絶対支配によって、平穏と栄華を極めた都市。

但し、繁栄とは常に影を求めるもの。衰退するものがあるからこそ、繁栄は許される。何ものをも足蹴《あしげ》にしない繁栄などあり得ない。

であるからこそ、何時か影は這い出て来るのだ。自らが光の中へ立つ事を求めて。

「——コリウス！　槍《やり》隊、前に出ろ！　精霊共に一発くれてやれ！」

コリウスと叫ぶ声が公都に響く。大通りを占拠した人間の一団が、建物を焼き、精霊の身体を食らう。血が血によって上塗りされ、肉が焼ける臭いが蔓延する。

「こ、の！　恥を知らぬ人間どもが！」

鎮圧にあたる一部隊の精霊が叫んだ。瞳は怒りに満ちている。抑えきれない感情が声に灯った。

もしも、人間がただ反乱をしただけならば、ここまでの怒りはなかっただろう。

だが――彼らは、正義解放戦線は、ロコートは違う。

彼らの槍は、大部分が精霊の死骸を用いたものだった。

彼らが作製したバリケードには、未だ生きている精霊が張り付けられ盾とされていた。苦悶《くもん》の絶叫が、大通りに響いている。彼らは戦場で精霊を殺したならば、火薬を抱かせて敵陣地へと投げ込んだ。

素晴らしい。輝かしいまでに彼らは、戦場に適応している。

「あァ――？　何か叫んでやがるのがいるなぁ。よぉく狙え！」

ロコートが精霊の死骸を踏み台にしながら、大通りの奥を見据える。空間が、僅《わず》かに歪《ゆが》んでいた。今までは低階位の精霊たちばかりだったが、高位の奴らが出て来た証拠だ。

百霊議会の議員。国家の首謀者たち。人間で勝利するのはほぼ不可能。今まで数多《あまた》のコリウスが、奴らによって鎮圧されてきた。だが、議員たちを見てなお、ロコートたちの士気は高い。

「俺達の同胞が議長クライムを殺した！　今俺達が引くわけにはいかねぇだろうが！　俺達の英雄を迎え入れるぞ！」

人間たるリオが、ロコートたちに呼応してこの国家の頂点を陥落せしめたのだ。

事実上の、人間の勝利。人間が精霊に一矢を報いたと言って良い事実。

これは紛れもない好機だった。この場でロコートたちが更に戦果をあげれば、公都に争乱を持ち込める。混乱が長引けば長引くほど、多くの同胞達は呼応するだろう。公都の人間たちだって、立ち上がるはず。

その為ならば、この場で全員が死んでしまっても構わない。より多くの精霊を道連れに出来れば、それで良い。

「よもや本当に、成功するとは思いませんでした」

「――まぁ、色々と表裏ありそうではあるがな。だが、人間が高位精霊を殺した、そう思わせられるのはでかい。情報は上手く使わねぇとな」

ロコートはリオを思い浮かべる。そうして叫ぶ。

「さぁ、今は俺達がやる番だ。精霊どもを殺し尽くせ！　戦争はまだ終わってねぇ事を、思い出させてやれ！」

「はっ、大尉！」

大通りを占拠した彼らは、その勢いを広げる。まるで炎が燃え広がるかの如く。次の路地を、更に次の路地を。留まる所なぞ、ありはしない。

ロコートが弓矢を手にした。矢じりには油が沁《し》み込んだ布が巻かれ、構えると同時に火がつけられる。目標の一つが、見えた。

――エルギリム訓練場。リオを捕らえていた忌まわしき場所。

「何にしろ、もうあんなものは必要ねぇだろう。あばよ」

ロコートに合わせて、数多の火矢が一斉に訓練場へと射出された。ディアたちが増改築した、木造の訓練場だ。火への対策が出来る程、上等な施設ではない。建物全域を守り切れるような、膨大な加護を施すほどの金はない。

けれど、

「――ったぁく。ここに手ぇ出そうとするとは、良い度胸だぜ人間ども」

唸り、咆哮するハルピュイアがここにいる。

主によって、コレを守護する事を命じられた者。ハルピュイアが生み出す風は、悉《ことごと》く火矢を地面へと叩《たた》き落《お》とした。

「鳥か。厄介だな。しっかりと狙い、撃ち殺せ」

「ハッハァ！　いいぜ、来いよ人間ども。アイツほどの度胸も、腕もねぇ奴らが！　この私を殺せるならなぁ！」

戦禍が唸る。戦争が、再び公都に運び込まれる。栄耀栄華《えいようえいが》など、許さないと。平穏など望んでもいないと。そう語るかのように。

＊

ヴァンパイアとは、血を啜《すす》る鬼である。万物に姿を変え、空を飛び、野を駆り、海を渡る怪物である。

怪物は、何故他者の血を欲するのか？　それは血液に、生命体の全てが記録されているからだ。年齢、健康状態、霊素、性格から能力に至るまで。血液こそ、生命の根幹。所詮《しょせん》、生命体などは血液を運ぶ器に過ぎない。

血液を飲み干し、干渉し、支配する——故にヴァンパイアこそ、世界の主なのだ。そう、彼女らは語る。だとすれば、もしも血液から脱した無機の生命体がいるのならば。それはきっと、ヴァンパイアの天敵だ。

「失礼いたします」

ネイルが大地を駆り、正面からエミーに接近する。先ほどから、何度も何度も繰り返される攻防の一幕。猪突猛進の極み。しかしエミーにとっては、それこそが最も対処のし辛い行動だ。

「——っ」

瞬間、エミーの身体が四散する。大量の蝙蝠《こうもり》に変化し、すぐさまその場を逃れたのだ。

ネイルの突撃では彼女に傷一つ与えられない。ネイルの行動は徒労のようにも思えるが。

「なるほど。アネルドートから、わたくしへの対抗策は授けられている、というわけ」

エミーが呟《つぶや》くが、ネイルは殆《ほとん》ど反応をしなかった。止まっている余裕はない。アイアンゴーレムがヴァンパイアに持てる優位とはただ一つ。

体力の限界を持たない事。血流の代わりに霊素を原動力としているネイルは、生物のような疲労を有しない。

彼女が持つのは、機能限界。全ての霊素を失い、停止する事。しかしその直前までは、性能の一切を失わないまま動き続ける。

——更に恐ろしいのは、彼女の肉は即ち鉄である事だ。

拳《こぶし》が空を走る度、脚が地面を蹴《け》りつける度、その先でものが砕ける音がする。徒手空拳《としゆくうけん》にして、全身凶器という矛盾。エミーが彼女に衝撃を与えようと思えば、霊素を集中させた一撃をぶつけるしかない。最大の攻撃手段である血液を吸い上げる事も、血液を媒介に毒を与える事も出来ない。

反射的に舌打ちをした。まさかあの『死体漁り』。自分への対策の為にこのゴーレムを手元に置いていたのではないだろうか。

「ええ、ご想像の通り。私、ネイルは貴女への対策として主から生かされています」

「――ゴーレムなのに、相手の感情に敏感なのね」

「感情や思考も、所詮はロジックに基づくものに過ぎません。各自の思惑があり、それに沿えば愉快に、沿わなければ不愉快に。それだけの事です」

ゴーレムらしい理解だった。感情を持たないからこそ、感情を俯瞰《ふかん》出来る。それが彼女なりの感情への寄り添い方なのだろう。

「そういうわけ。じゃあわたくしが今、どう感じているかもわかって？」

「焦燥と苛立《いらだ》ち、かと」

エミーへと飛び掛かりながら、ネイルは口にした。

当たりだ。鉄の拳を前に、エミーは今度は姿を霧に変化させる。彼女が持つ恩寵《おんちょう》『千変』はその名の通り、千の物体への変化を可能とする。

蝙蝠だけでなく、狼、魚、血潮、そうして霧。

霧であればネイルの体内へと入り込めるかと思ったが――駄目だ。

彼女は完全な鉄の塊であった。鉄の塊が意志を持ち、稼働する。精霊とは本来、意志持たぬ存在が意志を有した所から顕現したのだという。とすると彼女はその体現と言って良いかもしれなかった。

「如何《いかが》でしょう、ハーレクイン卿《きょう》」

霧となったエミーを振り払うように、全身を駆動させながら、ネイルが言う。

「私に対する有効手段を、貴女は持たないはず。無駄な事はやめ、我が主とエルギリム様の決着を待ちませんか」

ネイルらしい実直な言葉だ。確かに、互いに決め手に欠ける。

ここで相争っても無駄であり、決着は別室の闘技者たちがつけてくれるだろうと。そこにあるのは、主たるアネルドートへの無二の信頼だろう。

霧から再び普段の姿へと戻り、軽く指を鳴らしながらエミーは鉄の女を見据える。

「貴女の誤りを、二つ教えてあげる」

「誤り――？」

鉄の女が一瞬、訝《いぶか》し気に口にする。それは自分の判断に、誤まりなどないという自信あってのものだろう。だが、エミーは余裕をもって笑いすらした。

「まず、戦うのはディアではない。リオきゅんよ。ディアではアネルドートに勝てないし、勝負も出来ない」

「彼は、すでに我が主に敗北したはず。未だ戦う意味があるとでも仰るのですか？」

「人間の事が、相変わらず何も分かっていないのね。あの子達は、一度敗北したからって次も敗北し続けるほど、単純な種族じゃない。上達もすれば、力量だって上がる」

「それは精霊も同じです。生物としての格の話をしております」

「いいえ、同じじゃあない」

エミーは断言するように言った。

「彼らの霊素は、精霊のように固定されていないんだもの。僅かであっても、成長出来る。わたくし——特にリオきゅんに関してはそれを信じているの」

ネイルは固まったままの表情を、少しばかり動かした。

恋は迷いの始まりとそう呼ぶべきものだろうか。入れ込んだ対象への判断を誤ってしまうのは、精霊にすらよくある事。

そもそも、囚人となったリオを脱走させるだけではなく、アネルドートに反旗を翻そうとしている時点で正気ではなかった。

エミーの今の状態を冷静に推察しながら、ネイルは再び上体を屈める。一挙に攻める手もあるが、アネルドートからの指示は、ここにエミーを釘付《くぎづ》けにする事のみ。

『穏健派』とはいえ、第一階位の精霊。その実力は侮れるものではない。冷静でないならば好都合。このまま膠着状態《こうちゃくじょうたい》を継続させる。しかし、

「誤りはもう一つ——」

指を、鳴らす。不思議なほどにネイルは背筋が震えた。感情がないはずの頭脳に、戦慄《せんりつ》が過ぎる。それは霊素の蠢動《しゅんどう》であった。

「——わたくしを本当に、このまま足止め出来ると思ったの？」

ゆらりと、影が傾く。

アイアンゴーレムは直後に床を蹴り潰《つぶ》した。前進、というより跳躍に近かった。身体を構成する鉄の全てが直感した。霊素の全てが肯定したのだ。この女は、不味《まず》い。

この精霊は、何かをしようとしている。止めなければ。

「もう、遅い」

異音が、鳴った。ヴァンパイアが自らの身体に潜む鍵《かぎ》を開ける。

「——『千変』霊素発令。『華麗なる晩餐会《グラン・ギニョル》』」

がちゃりと、奇妙な音が響き、軋《きし》むような気配がその濃度を上げていく。

「これ、は——ッ！」

反射的に、ネイルがその脚を止めた。無理やりな停止に全身が悲鳴をあげるが、そんなもの知った事ではない。アレに突撃する方が、もっと不味い——！

「最後まで気が付かないかと思ったけど、案外敏いじゃない。アイアンゴーレム」

先ほどまで軽やかであったエミーの声。しかしそれは口調こそ似通っているもののまるで別物。

まるで鉄が擦り切れんとするかのような、闇夜で首筋に這《は》い寄《よ》るような声。

精霊ではない、異形の気配。絶望的とすら思われる、壮絶な霊素の総量がそこにはあった。

耳にした事もない異音が唸《うな》りをあげ、エミーの身体が中心から外側に向けて『裂けて』いく。

「わたくし達ヴァンパイアは、千の姿と形を持っておりますの。それは何も、ただ化けられるというのではない。彼らを、彼女らを——飼っているのです。わたくし達は、時折彼らの姿を借り受けているに過ぎない」

再びネイルの霊素が震えあがった。怯《おび》えだと、ネイルは我が事ながら客観的に理解した。

『裂けた』エミーの体内には、骨も、筋肉も、血潮すら存在しない。彼らが、彼女らだけが存在していた。

恐ろしいのは、それぞれが存在しているからではない。蝙蝠が、魚が、狼がいたのではなかった。

蝙蝠であり、魚であり、狼であり、霧である、千の貌を持つ化物がそこにはいた。

これこそが、エミーの本質。ヴァンパイアの極限。

リオに見られたくないという思いは、この姿が余りに醜悪だからだろう。美醜という概念すら呑《の》み込んで、食いつぶしてしまいそうなソレ。

「――っ、ぅぐ」

アイアンゴーレムは進めない。恐怖が霊素を呑み込んでいる。どちらが上で、どちらが下か。問うまでもない。

しかし、逃げれば主の命令に逆らう事になる。それは、出来ない。しかし、しかし――。

逡巡《しゅんじゅん》は、ネイルに致命的なものを失わせた。時間だ。

「愛らしいわ。わたくしの本性を前にして、主への忠誠に惑うのね」

紛れもない異音。言葉の形を成していないはずなのに、耳に届けば意味が理解できてしまう。

エミーの身体から零れ出た怪物が――いいやエミーそのものが、ネイルの四肢へと絡みつく。ネイルは避ける事も、抵抗する事も出来なかった。

精霊にとって『力』は絶対だ。『力』に魅入られ、『力』に屈服し、『力』によって支配される。

それは即ち、彼女らが積み上げて来た歴史だ。骨肉から、鉄の内側から、その規律に抗えなく出来ている。

「あ、が……ぁ、い、や……ぁ、ぁ……AAAAAAAAッ！」

ネイルは悶《もだ》える。苦悶《くもん》し、震え、鉄の顔から涙すら零れ出る。

身体が噛《か》み砕《くだ》かれ、咀嚼《そしゃく》され、飲み干される。そんな実感があった。精霊の肉体も、霊素も、魂さえも。これに食われて、喰《く》われて。ああそうか、とネイルは合点がいった。これは取り込んだ『モノ』に変化できる怪物なのだ。今まで全て全て取り込んできたのだ。そうして自分も、その中に入り込む。

そうして、ネイルが意識を手放しかけた、瞬間。

「……へぇい、マイマスター。ストップです。これ以上精霊を取り込んでもらっちゃ困りますぜ」

ネイルの身体が呑み込まれるのを、押し留めるものがいた。

彼女は人間であり、精霊であり、死骸《しがい》であった。もう死に絶えた存在だからこそ、エミーに飲み干される事はない。彼女はずず、とネイルの腕を怪物から引きずりだす。

「あら、マミー。相変わらず、変な所で律儀なのね。別に構わないのよ、これくらい」

「いいえ？　精霊を取り込みすぎて、最近ずっと情緒不安定でしょう、マイマスター。身体によくない事は、避けるべきですぜ」

意志を持たない動植物ならば、まだ良い。しかし同胞たる精霊を呑み込むという事は、もう一つの意志を体内に宿してしまうのと同義。

もうすでに、『五十体以上』の精霊を宿しているエミーに、これ以上の負担はかけられない。マミーは無理やりネイルを引きずりだし、廊下へと放り出す。

完全に意識を手放したゴーレムは機能を停止し、床に伏せっている。

「案外、手ごわかったわね。霊素発令まで追い込まれると思ってなかったわ」

「当たり前じゃねぇですか。あのアネルドートの手駒ですぜ」

それよりも、とマミーは言った。

「早くボーイの所に向かいましょうぜ。アネルドートに殺されちまいますよ」

「駄目」

「は？」

マミーは意外そうに、エミーを見た。彼女は未だ肉体を開いたまま、その場に膝《ひざ》をついている。

リオのために駆け付けないとは、珍しい。ある意味、正気に戻ったのだろうか。

「駄目よ。今のわたくしの姿、リオきゅんに見せられると思う？　思わないでしょう？

駄目なのよ、駄目。今すぐに閉じて見せるから、少し待っていなさい」

やっぱり駄目だ。不安定なまま。いいやこれでも、以前よりは大分マシになった。以前は、殆《ほとん》ど眠って過ごす事の方が多かったくらいだ。

――リオが、主の安定剤となっているのだろうか。

そうとなれば、マミーとしてはやはり失いたくはないのだが。主は頑として動かない。

「無事でいてくださいよ、ボォーイ」

疲弊したヴァンパイアと、意識を失ったアイアンゴーレムに視線をやりながら、思わずマミーは呟《つぶや》いた。

＊

第一階位。オーガ、アネルドート。たった一日前に闘技場で武技を振るい合い、完敗した相手。

果たして、第四階位たるウッドエルフ、ディアが助力したからと言って、勝利しうる相手だろうか。

「貴様らが徒党を組んだからと言って、私に届くと思ったか？」

アネルドートの戦斧《せんぷ》が、雷撃の如き素早さで室内を跳ねまわる。彼女にとっては、長い戦斧を室内で操る事に対する不利は一切ない。

ただただ、邪魔をするものは削り落とせば良いだけ。本棚も、彫刻の施された柱も、壁も天井も全て。相対するは、人間たるリオと、ディア。

「グッ、ぅ！」

前衛に出るのはリオだ。エルフは元来からして、直接戦闘ではなく支援を得意とする種族。アネルドートと斬り合う事すら出来ない。しかしそれは、リオとて変わらなかった。

「どうした、子犬。少しは変化を見せたらどうだ！　女として振る舞う余裕さえなくなったか？」

アネルドートは眉《まゆ》を軽く捻《ねじ》りながら、無造作に戦斧を振るい、リオへと剛撃を注ぐ。遊びのような一撃が、リオにとっては全力で防がねばならない致命の一打。

「……元から、余裕があるわけではないんですが」

重要なのは、如何にして鬼と相対するかという事。このままでは、何も変わらないではないか。あの闘技場での戦いと。

脚を懸命に動かし、アネルドートの隙を窺う。立ち位置を何度も変えてみたが、鬼は微《み》塵《じん》の油断も見せなかった。

呼気を漏らす。リオは軍用大剣を手首で回し、切っ先を後ろにしながら刃を肩に置く。

剣闘技第九節、『憤怒』。肩に置いた剣を、一息で相手へと振り下ろす、構え。

「どうぞ、変化ならここから御覧にいれます」

これだけでは終わらない。終わる事は出来ない。リオは、はっきりと理解した。自分の才能は、アネルドートには届かない。

ならば、無いなりの戦い方で、行くしかない。勝利するために、生き延びるために、ディアのために。

無論、ここからただ振り下ろすだけならば、前回と変わらない。

しかし――武器が違った。前回とは異なり古エルフ語の文様が幾重にも刻まれている。刃が緑色に光り輝くのは、霊素が染み渡った証。

「ほう。――ウッドエルフの加護を剣に施したか」

それこそは、ディアと事前に施した策。加護は肉体だけでなく、武具に纏《まと》わせる事も出来る。人間の身体に刻むソレとは違い、金のかけ方次第で際限なく強化できるために、闘技大会では禁止されているが。

これならば、身体が加護を拒絶するリオでも扱う事が出来た。

ディアの『同調』の加護はシンプルだ。自身の霊素を絡み合わせ、加護の対象へと『力』を与える。これであれば、霊素が根本的に足りないリオも『力』を補える。

振るう速度は速やかに、穿《うが》つ力は強靱《きょうじん》に、肉体の不足を補って余りあるだろう。

だが、言ってしまえばそれだけだ。奇跡はない。超技はない。ただただ、現実に少し上乗せするだけの代物。

「貴様は、加護を求めていないと聞いていたがな。自分の無力を思い知ったか子犬」

嘲《あざけ》る様子で、アネルドートが言う。彼女にとってすれば、くだらない加護に過ぎない。

けれどリオは、歯をがちりと鳴らしながら口にした。

「ええ。そうです。よく分かりました。僕は弱い、貴女よりずっと。けれど、だからと言って、立ち向かわない理由にはなりません」

アネルドートは、ぴくりと指先を反応させた。戦斧を握る手に力が籠《こも》る。片手でかついでいた長柄を、両手で摑《つか》んだ。

「僕は——いずれ竜を撃ち落とす人間だ。貴女《あなた》に、鬼に負けたまま、おめおめと引き下がれるわけがない。たとえどれだけ惨めでも、勝利だけが——」

「——闘技者の正義であれば、か？　よく分かっているな。良かろう、貴様の言う通り。それだけが我らにとっての真実だ。竜を撃ち落とす、その言葉の価値を、今一度教え込んでやろう」

アネルドートは呼吸を整え、改めて戦斧を構え直した。その姿は、闘技場で見せた構えとはやや異なる。

あの時のように、無暗に大振りにはしない。余裕の笑みを見せもしない。ただ一切の驕《おご》りも無く、大上段に戦斧を構える。

見て、ディアが叫ぶ。

「——ッ！　リオ、来る！　今度のは本気よ！」

アネルドートにとっては珍しい心変わりだった。彼女にとってみればリオは子犬に過ぎない。本気を出すには足りない、家畜。

けれど、だけれども。彼は、手痛い惨めな敗北を受けながら、再びアネルドートに立ち向かってきてしまった。

人間らしい、愚かしさ。人間らしい、無様さ。

ディアの加護を受けたとはいえ、未だ踏み込む速度は取るに足らない。死の恐怖に対面して尚、前へと踏み出す姿は滑稽《こっけい》な事この上ない。

「行くぞ——」

けれど、アネルドートは知っていた。

戦士とは、即ちこれだ。恐怖をかみ殺し、無様に震えながら剣を振るう者。敗北して、それでいて尚、立ち上がって来てしまう者。

駄目だ。こいつは。

「──潔く、散れ。『断絶』霊素発令──」

ここで殺そう。アネルドートは、リオを敵とみなした。

それは憤慨からくるものか、それとも敬意からくるものか。彼女にすら分からない。けれど、よりによって人間に戦士がいるのであれば、排除しなければならない。

「う、そ」

ディアの驚愕《きょうがく》を置き去りに、アネルドートは宣言した。

「──『天地開闢《ライティア》』」

かつて天地は、一つの世界から切り裂かれたという。

それはまさしく、混ざり合った存在を、本来同一であったものを。『断絶』し、乖離《かいり》させる神の御業に他ならない。

恩寵《おんちょう》が即ち神の御業を切り分け授けられたものだというのなら、アネルドートのそれはまさしく世界の始まりの一手。

世界そのものが避けられなかった『断絶』を、果たして避けられる生命体がいるだろうか。

戦斧が──雷鳴となって墜落する。今度は、虚仮ではない。脅しではない。本当に、相手を殺害するための一振り。

「『仮、想』――、一つ」

運命は定まった。人間の哀れな抗いなど何の意味もない。ただ穿ち、ただ断たれる神威の一撃。

『三秒』先を、知った。

大剣が、そうして肉体が――『断絶』される。二つに裂かれ、夥《おびただ》しい血液が謁見室を汚した。それこそ、クライムが殺されたのと同じように。

その、はずだった。けれど目の前で実際に砕けたのは、両手で持った大剣のみ。

「え、あ――どう、して」

最初に声を出したのは、リオ。強い勢いで、彼は床に転がされていた。剣が砕け散った瞬間、突き飛ばされたのだ。

誰に、と問うまでもない。ディアだった。彼女はリオを突き飛ばし――その身代わりに、左肩から先が完全に切り離されていた。

血が肉体から落ちる事を喜ぶかのように、次々と零れ出ていく。

「どうして……ディア様」

リオの顔面は蒼白《そうはく》になっている。ディアの血がその頬についた。熱いはずなのに、体温はどんどんと凍結していく。

「どうしたも、こうしたもあるわけないでしょ……。馬鹿、ね」

ディアの呼吸は荒々しかった。呼吸とともに彼女から生気が失われているかのようだった。けれど、命を次から次へと喪失する最中に、ディアは笑った。

「君は、竜を殺すんでしょ。ここで死んで、どうするわけ？　私は、君に全部投資してるんだから、ら」

言って、ディアは自らの血液の中に倒れ伏す。

リオを唯一この世界へと繋《つな》ぎとめていた楔《くさび》が、枷《かせ》が、崩れていく。

「愚かな。何の意味があるというのだ、こんな真似に」

アネルドートは、目元をふらつかせながらディアを足元から押しのける。忌々しそうに、腹立たしそうに。

戦士にとって、闘争を邪魔立てされるのはこれ以上ない侮辱。彼女がある種の憤慨を抱く理由を、リオは理解出来てしまう。しかし、それでも。

「やめ、てください。ディア様をそれ以上、傷つけるんじゃない――ッ！」

「――貴様もだ。言ったではないか、正義とは、勝者によって語られるもの。敗者はただ踏みにじられ、蹴《け》り落とされるものッ！」

ずきりと、アネルドートの頭蓋《ずがい》が痛む。勢いよくディアの身体を蹴り、その場から排除した。

「ならば、貴様らがどのように扱われても、文句は言えまい。たとえ罪科を着せられても！」

「――！」

『力』が全てを決定する。勝者が正義を語り、敗者が罪を被る。その絶対原則こそが、世界の全て。

少なくともリオはそう信じている。偏った世界の中、他に語る言葉はない。ゆっくりと、命を振り絞ってリオが立ち上がる。

ディアの命は、刻一刻と失われ始めている。ならば、どうする。

「オルガニア、卿」

呼んだのは、リオだった。

ディアに突き飛ばされ、リオは部屋の最奥へと押し込まれた。目に入るのは、クライムの哀れな死体と、突き刺さったままの――冠絶。その柄を両手で握りしめながら、言う。

「今の僕は、弱い。竜の足元にも及ばなければ、自分の主人さえ守り切れない、けれど――

――」

冠絶が、リオの両手によって引き抜かれる。クライムの血が、毒々しいまでの色合いを見せた。まるで自らを殺害したアネルドートに呪いを叫ぶかのよう。

精霊が意志を込めて霊素を発令するように。この人間は、咆哮《ほうこう》する。

「貴女に勝つ。敗者は、貴女だ」

呼応するように、戦斧《せんぷ》が今一度振り上がる。工夫も、技術もいらない。彼女はただその戦斧をもう一度振り下ろすだけで、リオを殺せる。

アネルドートは、まるで分からなかった。一度命拾いをしたとはいえ、主たるディアを失い、今やその加護は失われた。冠絶を引き抜かれたのは予想外だったが、それでも人間如きに容易く扱えるものではない。

だというのに、どうしてこの人間は大言を吐ける。だというのに、どうして自分は。

この人間を、脅威と認識しているのだ——？

「——聞き捨てならんな」

言葉を選びながら、慎重にアネルドートは戦斧を構える。

勝てる。負けるはずがない。『力』も技量も、アネルドートはリオの全てを上回っている。

ぐるりと、牽制《けんせい》するように戦斧に円を描かせた。それだけでも、リオにとっては脅威のはず。

大剣が、がちりと唸《うな》って無理やりに戦斧を受け流す。もう一度、もう一度、もう一度。二度、三度――十四度。戦斧を唸らせる、捻《ひね》る、叩《たた》き落《お》とす。けれど、

「――『仮想』」

リオはまるで、その軌道を知っているかのような素振りで、すんでの所で凌《しの》ぎ切ってみせる。

いいや、違う。間違いなく『知って』いる。そうでなくては十を超える戟を超えられるはずがない。

一度見た軌道だからか？　馬鹿な。そんな真似を、人間が出来るはずが。

「――グ、ゥ！」

頭が、痛んだ。視界が霞《かす》む。戦斧の振りが一瞬、よろめく。

その隙を、リオが見逃すはずがない。彼は、闘技者だ。青い線の入った美麗なスカートが、はためいた。

「ハ、ァ――ッ！」

リオが冠絶をもって、攻めの一振りを成した。アネルドートが守勢に回らされるのは初めての事。一つ一つの威力はか弱い。しかし、驚くほどにその狙いは正確だ。

正確に――アネルドートの急所を狙い打っている。何度も、何度も。全ての動きが滑ら

かになるまで、鍛錬を積んだ事の証拠だった。

長柄を持って、捌《さば》く、捌く、捌く。いつの間にかアネルドートは、一歩下がっていた。

舌打ちをしながら、冠絶を撥ね上げさせて間合いを取る。

人間相手に、後退して間合いを取るような真似をさせられた。それだけでも屈辱的だというのに。

リオは、アネルドートの後退に喜び一つ見せていなかった。間合いから逃がしてしまったと、そう言いたげだ。それは同格の者がする表情だった。

「何時から、貴様は――ッ！」

未だ、頭蓋が酷く痛む。もはやそれが病であるのか、他の要因であるのか分析出来るだけの冷静さは、アネルドートにはなかった。

「――私にそのような瞳《ひとみ》を向けるようになった！」

リオが、口を開く。

「今、この時。貴女《あなた》を殺すと決めた時から」

瞬きの間。クライムの死骸《しがい》が吐き出す血が見えたからだろうか。アネルドートは彼女から聞かされた昔話を思い出していた。

かつて、人間が精霊と同格となり闘争を繰り広げていた時代があったと。

彼らは『英雄』と呼ばれ、竜を追い詰め、鬼を串刺《くしざ》しにし、妖精《ようせい》の肝を燃やした。何故『英雄』は消えたのか。人間が退化したのだろうか。それには五百年という時代は短すぎる。可能性があるとするならば、一つ。

人間の中にも『英雄』は生まれている。ただ、奴隷となり闘争心を失い、『開花』するものがいなかっただけで。

いずれ、彼らは目覚めるかもしれない。再び、精霊の敵として。

「――ハ、ァアッ！」

リオの咆哮。焦燥も見える、恐怖も見える。けれどそれを押し殺して、前に一歩進む剣は、一振り毎にその勢いと鋭さを増していく。

黒蒼の瞳が、ぎゅるりと霊素を唸らせている。

＊

「へぇい、マイマスター。良いんですかい」

「何がよ、マミー」

相変わらず、エミーは廊下に座り込んだまま動いていなかった。何時もはマイペースのはずのマミーが、苛立《いらだ》たし気に主を急かす。

「何が、じゃーないですよ。リオリオがこの間にもぶった切られてるかもしれねぇんですぜ？　マイマスターの本意じゃねぇと思うんですけどねぇ」

マミーはあくまで従者。どれだけ気安く話せると言っても、これ以上は言えない。出来るのは、主を思う方向へ促すだけ。

けれどエミーは、そんな従者の思惑をすっかり理解しきって言った。

「行かない——いえ、もう行けないわ」

「はぁい？」

死霊にしては珍しく、こわばった声でマミーが応じた。

「行けないと言ったの。貴女もここで待機なさい。わたくしがそう命じているのよ」

「どういう事です？」

「とすれば、見殺しにすると」

「そうなるわね」

心底から意外そうに、マミーは眼を瞬かせた。二の句が継げず、口ごもってしまう。

所詮《しょせん》は、人間相手。見殺しにする選択は十分アリだ。

けれど、エミーにとってリオだけは例外と言える枠だったはず。そもそもこの場にいるのだって、彼を特別視したためだ。

それがこの段階に至って、あっさりと手の平を返すとは。節操がないと言うべきか、優柔不断というべきか。

しかし次に、エミーは想像の遥《はる》か外から言葉を告げてきた。

「アネルドートはあれでも同胞だったのだけれど、見殺しにするしかないわ。事ここに至ったらね」

「……マイマスター？」

「分かってる、貴女の言いたいことは分かってるわ。説明が足りないというのでしょう」

でも、わたくし苦手なのよね。とエミーは付け足した。

「わたくし、理解力が高いでしょう。誰かに説明する時、どこからどう説明すればいいのか迷ってしまうの。一から？　それとも十から？　それとも」

「では、一から。一からお願いします」

「一から？　そうねぇ」

エミーは指先を唇に押し当てながら、一切身体を起き上がらせる素振りを見せずに言った。

「貴女、わたくしが本当に――」

ぽつり、ぽつりと。言葉をかみ砕くようにエミーが言った。

「――ただの人間を、趣味だけで、手元に置いたと思っていたの？」

勿論《もちろん》、趣味もあるけど。そう言いながら、エミーはどこか遠くを見ていた。

＊

――戦場音楽が鳴っていた。

謁見室。鉄と鉄が嚙《か》み合い、戦士が喰《く》いあい、命を賭《か》ける音色。

片や、戦場の覇者たるオーガ。彼女が戦斧を振るいおとす度、夥《おびただ》しい霊素が滾《たぎ》り、空を裂く。

生命を殺害する音色でありながら、他者を簒奪《さんだつ》する舞でありながら、その様は美しかった。息を吞み、見惚《みと》れてしまうだけの価値があった。

相対するは、絢爛《けんらん》なる闘士。

彼が舞う度に、色が駆け抜ける。刃の交わし方、いなし方の一つ一つが華麗。時に跳び、時に駆る。美しいというより麗しい。強靱《きょうじん》というより魔的。無観客の闘技場で、彼は敵の視線を惹《ひ》きつける。

その在り方で、彼はオーガと剣戟を交わしていた。数にして、もはや二十以上。

「何故、だ？」

オーガは、アネルドートはひときわ感情の籠《こも》った声をあげた。

相対するは人間の子。自らに指先を届かせる事すら出来ない子犬。一日前まで、いいやつい先ほどまで、そのはずだった。片手ですら翻弄《ほんろう》できる相手。

それが今、自分の首筋に迫っている。一つ呼吸がずれれば、彼は鳥が舞うような鋭さで懐へと踏み入ってくる。一歩間合いが緩まれば、彼は瞬く間に肉薄し、刃を腹へ突き立てんとする。

何だ。これは。私は何と、立ち会っている。

アネルドートにはまるで分からなかった。ただの一振りで殺せる人間にも思えれば、捉《とら》える事すら出来ない亡霊にも見える。

思わず、問うた。問わずにはいられなかった。

「――貴様は、何者だ？」

鮮やかなる衣服を纏《まと》い、火食い鳥の羽を腰元に輝かせながら絢爛たる闘士は大剣を構えた。

何者か。それは少年の本質に踏み入る問いだった。

人間は言う。お前は精霊に跪《ひざまず》く奴隷だ、人間《こちら側》じゃあない。

精霊は言う。お前は所詮人間だ。精霊《こちら側》ではない。

男でありながら女の装いを纏い、女と振る舞いながらも男を捨てられるわけではない。

人間でも、精霊でもない。男とも、女とも言い切れない。どっちつかずの半端者。けれど何時だって世界では、こう問われるものだ。

さぁ、お前はどっち側だ？　味方なのか、敵なのか。

リオは、思う。ずっとずっと、思っていた。逃走しながら、剣を振りながら、命を賭けながら、何時だって思っていた。

自分を竜の生贄《いけにえ》にした連中、勝手に復讐《ふくしゅう》相手と妄執する竜、蔑視《べっし》する精霊ども、敵意を向けて来る人間ども。

——誰も彼も、ふざけている。

「リオ＝カーマイン。ディア様の闘技者です」

唯一、少年を結び付けていた、たった一体のエルフの姫君は今、血に濡《ぬ》れて倒れ伏してしまった。

その姿が少年の瞳に入る度、彼はより美しく、より華麗に舞い踊る。

もう彼を縛り付け、この世界に紐《ひも》づける存在はいない。

「真面目に答える気は、無しか！」

アネルドートが戦斧《せんぷ》で大剣を受ける。一振り、一振り毎に重くなるソレ。鋭さを増し、空間を穿《うが》つソレ。

もはや互いの衝突が激震となる。激突し合う度に、戦斧が慄いた。

戦鬼と『何か』。

決着を付けねばならない。鬼の背筋に直感が走る。このままではこれは、『何か』は形を持ってしまう。その前に、両断する。かつて世界が天と地に切り分けられ、万能の神の手から零れ落ちたように。

「『断絶』霊素発令――」

頭蓋《ずがい》に痛みが走れどもはや止まらない。止まれない。咆哮《ほうこう》が霊素を纏い、室内を崩していく。

「――『天地開闢《ライティア》』ッ！」

乾坤一擲《けんこんいってき》。雷が、轟音《ごうおん》を唸《うな》らせて振り下ろされる。もはや戦斧は戦斧でなく、鬼は鬼ではない。互いにただ、世界を両断する機能に成り代わる。

人間も、精霊でさえも避けられないはずの一振り。言語を絶する暴音。

それで全ての決着はつく。そのはずだった。けれど『何か』は、精霊でも、人間でさえも無かった。

「霊素、発令――」

突如、少年は声を発した。空間が、呼応して変貌《へんぼう》する。彼を縛る鎖は失われた、杭《くい》は消えた。もう彼は『何者』である必要もない。

雷が、落ちる。同時に少年は言った。

「――『幻想《オーラム》』」

今まで織りなした全ては、少年が『仮想』した全ては、所詮は仮定の姿。

幾百、幾千、幾万と繰り返そうと無に消える産物だ。

だが、無意味ではない。

山脈を切り開くには、その先を見据えなければならない。暗闇の中を進むには、その先を知ろうとしなければならない。勝利を得るためには、その先に待つ困難を克服しなければならない。

ゆえに竜はソレを彼に与えた。

幾百と、幾千と、幾万と繰り返し。今、『仮想』を『幻想』へと昇華させよう。現実を斬り伏せるのは、何時だって『幻想』の如き英雄なのだから。

「極彩の輝きに満ち、朽ちぬ永遠の鋼であり、太陽よりも気高き戦の鬼よ――」

ぽつりと零すような声が少年から漏れた。しかしいやに、室内に響き渡る。まるで、舞台役者のようだ。そんな場合ではないというのに、アネルドートは思ってしまった。

同時に考える。どうして、自分は今までこの異常に気付かなかったのだ？　リオ。人間の少年。加護もない、『力』もない男が。精霊たちを相手に勝利を重ねる。それそのものが異常で異様。

けれど誰もがその華麗さと儚《はかな》さに視線を奪われ、気づきもしなかった。首輪付きの犬を見るのと変わらなかった。

今、首輪が消えてようやく気付く。この『存在』は――精霊の天敵だ。

少年が壮絶な霊素を集約していく。冠絶が主を得て、悍ましい音をあげる。凝縮した霊素を注がれ、悲鳴をあげているのだ。

「――君はここで絶滅させる。人間の誇りにかけて」

アネルドートは戦斧を振りかざしたまま、咆哮した。

「貴、様は――ァ、ァァアアアァッ！」

ここで殺す。殺さねばならない。不思議と直感する。もう二度とこのような好機は来ない。

もはや少年に意志があるとは思えなかった。無機質で、それでいて絢爛な言葉遣い。少年の奥底にある、古から続く血脈が彼に言葉を語らせているのだ。

それこそは、御伽噺《おとぎばなし》。彼らは竜を追い詰め、鬼を串刺《くしざ》しにし、妖精《ようせい》の肝を燃やした。人間の最大戦力にして、唯一の希望たる者。かつて精霊が絶滅させたはずの、生命体。雷光が霊素の奔流を纏いながら荒れ狂う。もはやそれは蠢《うごめ》く嵐と呼んで良かった。渦巻く雷の渦は、立ち向かう人間も、精霊すらも絶命させる。

万夫不当、一騎当千と謳《うた》われるアネルドートの渾身《こんしん》の力がそこにあった。しかし、もはや相手はその閃光《せんこう》で消えゆく『規格』に無い。竜の炎を超え、鬼の雷を斬り裂き、妖精の悪意を貫く者。

即ち、『英雄』。

少年は光を纏い輝く冠絶を振り上げた。勇壮たる霊素を凝縮させたそれは、もはや剣と呼んで良いのだろうか。

少年の視界の先に『幻想』が映る。

『仮想』が生む『三秒』など、矮小《わいしょう》に過ぎる。今、その瞳《ひとみ》に映る未来全てが少年の手中。

『幻想』は、未来を見通し、その先を望む通りに変貌させる権能そのもの。

「私は、私は負けられんのだ！　精霊の、未来が――ッ！」

振りかかるは鬼の雷。けれど少年の刃は、その先に在る未来を知覚する。

さぁ、現実を斬り裂こう。幾万の『現実』は、一滴の『幻想』に敗北するのだから。

「——永久にさらばだ！　戦の鬼よッ！」

華麗な声が響き渡る。同時に少年が振るう光を、誰も視界に留められない。瞳が耐えられる熱量をゆうに超えていた。

太陽を込めたかのような極光。室内という枠を超え、闘技場の屋根ごと、天を貫く光の柱。余りに美しき極彩が、鬼の雷を切り裂いて降り注ぐ。

雷も、アネルドートも極光が呑《の》み込んだ。残るものはなにもない。ただ、鬼の咆哮だけが響き渡っていた。

まるで、精霊全ての絶叫を代弁するかのように。天敵の存在を、世界に知らしめるかのように。

＊

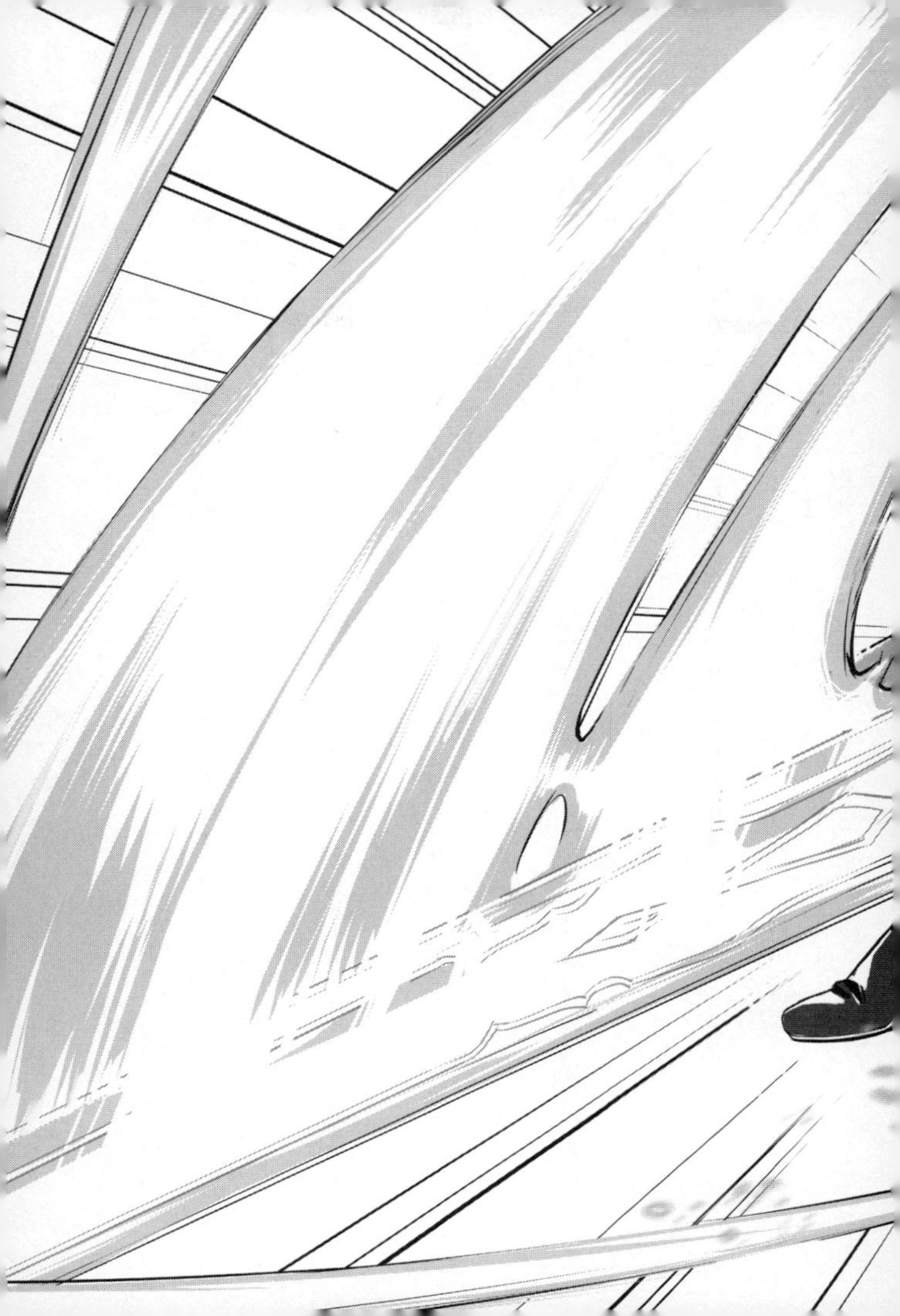

少年は、破裂した謁見室の中に立っていた。

屋根は破壊され、夕闇の空が見える。アネルドートの姿も、クライムの死骸《しがい》も何処にあるものか。瓦礫《がれき》とかしたこの場から探し出すのは困難極まるだろう。

長年収集されてきたはずの書籍が、焼《や》け爛《ただ》れて風に運ばれていく。竜が火を噴いてもこれほどには酷くならない、それほどの情景だった。

そうだ、竜だ。少年が『こう』なった理由そのもの。かつて英雄は、竜と対面しながら生還し、ただならぬ縁を結んだ。

即ち——どちらかが死なねばならない。ともに生き続ける事は出来ない。

「この大陸は貴方《あなた》の庭。必ず追い詰めて、滅ぼして見せる」

その為だけに、少年は『英雄』となった。

何故なら、竜と対面してなお生還し、縁を結んでしまった者は、逆説的に『英雄』でなくてはならない。

『英雄』は、そのようにして生まれる。

冠絶を軽く握った。精霊の天敵となって、竜を殺し、精霊を滅ぼし尽くすまで。その歩みが止まってはならない。

彼を押し留めるための鎖は——。

「っ、ぅ……ぁ」

少年以外の呼吸音が漏れる。生者の音色が聞こえた。咄嗟《とっさ》に彼が、冠絶を投げ捨ててそれに駆け寄る。

「ッ⁉」

ディアは片腕を失い、すっかり生気を失った顔色をしていた。血を流し過ぎている。とうとうその命が失われようとしていた。

「ディア、様！　ディア様ッ！　大丈夫ですか⁉」

少年が――リオがすっかり軽くなったディアの身体を抱き寄せる。

その瞳の色合いが、平時に戻りはじめていた。

「ん、ぅ……何だ、リオじゃない。どうした、の。大丈夫よ、私は何時だって、元気、で……」

汗をたっぷり額に浮かび上がらせながら、ディアは強がって笑みを見せる。

何時も、この方はこうだ。リオは両腕を震わせた。

誰かのために損をしたって、傷を負ったって、何時でも大丈夫だと言って見せる。それも、とびきりの笑顔で。リオにしろ、アエローにしろ、そんなディアに救われたからここにいた。

そんな彼女だからこそ、リオを唯一『人間』に繋《つな》ぎとめる楔《くさび》であったのだろう。

しかし今その笑顔が失われようとしていた。

「ディア様！　嫌です！　貴女は僕を救ってくれたのに、僕はまだ、貴女に何一つお返しして、いない。こんな所で、お別れ、なんて――！」

瞳から大粒の涙が零れそうだった。何時も通りの、顔面蒼白《そうはく》の弱気が舞い戻ってくる。

自分の半身が切り裂かれるような悲しみ。

「十分、返して貰《もら》ったよ。良い、じゃない。好きに――」

「――そうもいかないのよねぇ、感動的な所に残念だけど」

崩壊した謁見室の中へ、律儀に扉のあった場所を踏み越えながらエミーが踏み入ってくる。

マミーを後ろに引き連れながら、タイミングを見計らったかのように、いいや実際、見計らっていたのだ。彼が、『人間』に戻るその時まで。

「エミーさ、ま？」

「リオきゅん。良い？　そんな場合じゃないと思うけれど、聞きなさい。ディアの治療はわたくしに任せて貰う。その間に貴方は決めなさい」

エミーがそっとディアの傷口に手を触れると、すぐさま出血が止まった。血の巡りを司るヴァンパイアの権能の一つだ。

　マミーも介助に入り、ぐるりぐるりと傷口に包帯が巻き付けられていく。

　その合間に、リオに視線をやらずエミーは言った。

「実はね、正義解放戦線の連中が案外と善戦してるらしいのよ」

　最初、リオは彼女が何を言っているか理解できなかった。数秒してようやく、正義解放戦線と名乗る集団が公都で反乱を起こしていたのを思い出す。

「貴方、行きたいならアレらと合流なさい」

「へ――？」

　何を、言っている。真意を問おうとしても、その瞳はディアの治療に集中している。少しずつ、ディアの顔から汗がひいていた。

「わたくしはね、案外、貴方の生まれに同情しているの。いいえ、もっと正確に言うと苛《いら》立《だ》っている。世界なんておクソ食らえって思ってしまうわ。けれどね、わたくしも貴族である以上、義務がある。貴方が『英雄』になりたいのなら、それを押し留める義務がね。だから、この子の治療に感謝を感じる必要はないわ。これ、わたくしの義務だから」

　相変わらず意図すらも理解できない言葉の羅列。エミーはもはやリオに語り掛けているというよりも、心の中にある鬱憤《うつぷん》を吐き出しているのに近かった。

「案外色々とあるのよ、わたくしにも。けれど、今この瞬間だけなら、言い訳がつく――リオきゅん、貴方が逃げ出してしまっても、わたくしは見逃せるのよ」

「逃げ、る。ですか?」

「ええ、そうよ。この大騒ぎの中でなら、わたくしも『連中』に言い訳してみせる。『人間』の中で生きたいのなら、これが最後の機会かもしれなくてよ。どう? 敢えて言うわ。『精霊』の世界は『人間』にとってはクソよ。反乱だって起きるに決まっている。いずれ戦争だって起こるでしょう。避けられない未来なのよ、わたくし達は必ずそれを繰り返す、そう決まっているの」

「エミー様。僕には、意味が――」

瞬間、エミーが一瞬リオを見た。瞳に嘘の色はなかった。ただ唇に彼女の指が押し当てられていた。

「――シンプルよ。決めなさい。このまま『精霊』の世界の中で生きるか、それとも『人間』の世界で生きるのか。今すぐに」

リオは一瞬も迷わなかった。すぐに言った。

「それが、許されるなら。――ディア様の下で生きます。僕にとって、それが一番だと信じます」

STATUS

種族名
人間

階位
第七階位

恩寵
無し

神霊の恩寵を持たない、肉の身体で生き延びる者ら。

稀に死後、亡霊となって精霊となる者もいるが、多くはただ生き、ただ死ぬだけである。


自然との霊的な交わりを持たない彼らを、家畜と称する精霊は多く、過去には牧場で飼育されていた時代もある。

しかしそんな彼らが、どうして時折『英雄』を輩出し、精霊と戦争を繰り広げられるのか。

未だ明確にはなっていない。

エピローグ／お前は何者か――まずお前から名乗れ

正義解放戦線の反乱は、上首尾であったと言える。

タイミングを見計らった完全な奇襲であった。アネルドートという内通者がいた。本来旗印となるべき議長クライムが死していた。

一時的にではあるが、公都グラムの三分の一が彼らの手に落ちたのは、ある種当然であったのかもしれない。彼らは酒を飲んだかのように士気が高かったのも、一因だ。

しかし、精霊たちが態勢を整えてからはそうはいかなかった。

「大尉殿、ではお先に失礼します」

手勢の部隊の一つが、誇らしげな笑みを浮かべながら精霊の集団へと突撃していく。ロコートはそれを羨望《せんぼう》の眼差しで見ていた。

「ああ、羨《うらや》ましいぞ少尉」

ロコートには指揮官としての義務がある。まだ複数の部隊が手勢にいるのだ。

少尉の部隊は、ロコートらを逃がすために精霊たちへと突貫した。もう帰っては来ない。ロコートには未だ残る手勢を、最後の最後まで戦場で引きずり回す義務が彼にはあった。可能であるならば、次の戦場へ。また次、その次と。いずれ死ぬその時まで地獄は続く。何のために？　問うまでもない。人間の世界の為にだ。奈落《ならく》の底までこの戦争が続くとしても、戦う義務がある。彼らは皆、心底からそう理解している。

少なくとも今回の戦争には成果があった。議長のクライムを殺害し、公都グラムに打撃を与えてやる事が出来た。

「これで、暫く公国は立ち直れない。俺達の聖戦を邪魔する連中が一つ減る」

これでまた、人類王の復活に一歩近づく。人間の世が一つずつ詰み上がっていく。

それで良い、それだけで良かった。これも全てはクライムの暗殺に成功したお陰──そういえば、奴は。リオの顔を、思い浮かべた瞬間だった。

「大尉ッ！」

部下の声が耳に届いた。副官が、精霊の陣地へと突貫した部隊を見ている。

つられて、ロコートがそちらを見る。

直前に会話をした少尉が、両腕を飛ばされている姿を見た。それだけならば、平常。地獄たる戦場の日常風景。

在。

だが、
それをやった人間が、問題だった。議長クライムを暗殺した、人間の英雄たるはずの存
「やっぱりか」

リオ＝カーマイン。

「お前は、そっちにつく事を選んだわけだ。クライムを殺したのは、別の奴だな」

彼が、精霊とともにロコートの部下を次々と叩《たた》き伏《ふ》せている。忌々しいのが、戦死させるならまだしも、身体の一部を斬って生かそうとしている点だった。

「さぁて、面倒だな」

「大尉殿！　退きましょう、退きませんと、彼らが無駄死にになります！」

「分かってる。総員、撤退だ。即時にな」

沸々とした怒りが、ロコートの胸中を焼きつかせる。感情という炉を、憤激が薪となって燃やし尽くす。しかしそれでいて、ロコートは冷静でもあった。心の奥底に、リオに対する感情を楽しんでいる自分がいた。

「リオ＝カーマイン。人間の裏切り者。必ず、いずれ、必ず俺が殺してやる」

正義解放戦線の部隊が、撤退していく。次々と仲間を失いながら、血をばら撒《ま》きながら

公都グラムから消えていく。

精霊の手から彼らが逃れた時、最初三千を超えた彼らは、半数を割るほどの数となっていた。

ただ一つ。

ロコートは、生き延びた。胸に憤激と恩讐《おんしゅう》を宿しながら。

＊

「マイマスター、色々と、聞きたい事があるんですが」

公都グラム。ハーレクインの邸宅。落ち着いた様子でお茶を十杯ほど注ぎながら、従者たるマミーが言う。

正義解放戦線の反乱から、冠上闘技の中止から、一か月が経っていた。

その間、エミーはありとあらゆる処理に追われ、今日久しぶりにこの邸宅に帰って来たのだ。

何せ——名家たるオルガニアの血筋が、議長クライムを暗殺した。

首謀者たるアネルドートは、その後姿を消し今も行方は定かになっていない。

少なくとも、そういう事になったのだ。エミーの処理能力、政治能力の賜物だろう。事実であったとしても、事実と認めさせるのは困難極まる内容だ。

少なくとも、リオという都合の良いスケープゴートがいる以上、当初の通り彼が暗殺者であったとした方が都合が良い。

今回の件で一番エミーの助けとなったのは、意外な事にアネルドートの従者たるネイルだった。何かに仕えなくては生きていけない彼女は、アネルドートを失った後、驚くほど従順になった。次々と自分が知る事実をエミーに語ってくれた。

アイアンゴーレムの悲哀というべきものだろうか。それとも、主の後を追おうとしているのか。

今は重要参考人として牢《ろう》に繋がれている。エミーとしては、どうにか生かしたい所だが。

「何よマミー。わたくし、案外疲れているの。簡単に答えられるものだけにして頂戴《ちょうだい》」

「では、二つだけ」

「欲張りね」

そこは一つだけ、という場面ではないのか。しかしこの従者を散々振り回したのも事実、それくらい答えてやる義理はあった。

「リオリオは、一体何なんですかい？　アネルドートを殺すなんてあり得ない事でしょう。

マイマスターはぜーんぶお見通しって素振りでしたが」

「お見通しって程じゃないわ。ちょっと知ってるって程度よ」

エミーは苦笑しながら背中を椅子に預けて言う。

「わたくし達と人間は、争い合う運命なのよ。精霊が一方的に優位な状況。そういう時に生まれちゃうのよ、ああいう子がね。馬鹿みたいよね、何百年も、何千年もわたくし達はこういった状況を繰り返してる」

「生まれちゃうというのは、精霊に対抗できるように、と？」

「それ、二つ目になるけどいいのかしら？」

むぐ、とマミーは口を閉ざした。うんうんと唸《うな》りながら、再び口を開く。

「いいえ。それではもう一つ、マイマスターはリオリオの事を全部知っていてパトロンになったんですかい？」

「あら、勿論《もちろん》知っていたわ。国家に囚われず、精霊の未来を考える『連中』もいるの。宗派、と言い換えた方が良いかもしれないけど。今回は都合良く、対象が首輪に繋《つな》がれていた。なら事態が悪化しないように庇護《ひご》する必要がある。下手に刺激すると逆効果な場合もあるしね」

でも、とエミーは付け足す。

「リオきゅんのパトロンになったのは、また別の理由もあるの」

「別の理由」

「言ったじゃない」

生返事をしたマミーに、エミーが大きく頷《うなず》く。

「――八割、趣味よ」

とても良い笑顔だった。余りに良い笑顔だったので、マミーは注いだお茶を取り敢えず投げつけておいた。ヴァンパイアの悲鳴が、邸宅全体に響き渡る。

「ああそれと、御来客です。マイマスター」

「そっちを、早く言いなさいよ……。良いわ、相手は分かってる。入って貰《もら》いなさい」

「ええ、ええ。もう入っております、友よ」

するりと、マミーの影が実体を持ち、一つの形を作っていく。

シャドウの精霊。エミーと同じく『穏健派』に属する、百霊議会の議員。

「遅かったわね、シャリア。わたくし案外、待ってしまったわ」

「いやはや、困ったものです。何処もかしこも『眼』が入り込んでいる。此度の件、ミミックどもを含め『強硬派』の連中は、己らを怪しんでいる様子ですよ」

「でしょうね。無知な蛙だってわたくし達を疑うわ。少し、わたくし達に都合がよく運び過ぎた」

「如何《いか》にも、雑魚《ざこ》の考えそうな事です。天と地の間には、自分達には思いもよらぬ事があるのだと、理解できないのでしょう。おっと失礼、貴女《あなた》はこういう物言いは嫌いでしたね」

エミーは眉間《みけん》に皺《しわ》を寄せながら、両肩を竦《すく》めた。

「別に、事実だもの。それよりも、話をしましょうか」

「ええ、ですな。己らの、未来の話を。如何にして、勝ち馬にのるべきか」

「精霊の、未来の話でしょう」

微笑む主人の姿を見据えながら、マミーは思う。両手は新たな来客へと、茶を注いでいる。

はて、我が主人は。本当は何処まで考えて、何処から謀っていたのだろう。

そういえば、最初にアネルドートが訪ねて来た時。主人の激昂《げきこう》は何時もより、異常ではなかったか。

リオに肩入れするのは何時もだが、それにしても今回は度が過ぎていなかったか。冠上闘技へ人間を出場させるのは、いかに彼女といえど無理が過ぎた。

しかし、マミーは口には出さなかった。もう主人と約束した、問いの回数は終えた。今はただ、従者として振る舞うばかり。

主人が、幸福な未来を描いてくれている事を祈って。

＊

エルギリム訓練場。

リオは両手で木材を運びながら、訓練場の全景を見渡す。冠上闘技の一件以来、やや筋力が上がったようで、多少の重いものも運べるようになっていた。霊素の活性化が原因だろう、とエミーからは言われている。

「おい見ろよリオ。この私の功績を、褒めたたえて良いぞ！」

「分かりましたから、上から小突くのやめてください」

正義解放戦線の反乱によって、公都グラムは大きな傷を負った。街並みは破壊され、主だった建物には火がつけられている。訓練場も例外ではない。屋根の一部が焼け落ち、壁が崩れている。しかしこの程度で済んだのは、アエローが他の闘技者とともに暴徒から守り切ったゆえだろう。

事実、周囲の建造物は多くがその原形すらとどめていなかった。

「おいリオ、次は板をこっちに持ってきてくれ。絶対ディア様が帰ってくるまでに終わらせんぞ」

アエローが、両翼を広げながら二階部分の修理に当たっている。他の闘技者たちも働いているが、やはりこんな時は空を飛べる彼女が一番活躍する。

「別にディア様が帰って来てからでも」

「馬鹿かてめぇは⁉」

アエローは、リオが持ってきた木材をひったくると目をつりあげた。

「ディア様が帰って来てみろ！　張り切ってご自分がなさるって言うに決まってんだろ！　そうしたらますます修理箇所が増えるんだぞ⁉　私がここまで守り切った訓練場を壊すつもりか⁉」

「……いやまぁ、それは」

「そうだろうが。とっとと終わらせて、風呂《ふろ》にでも入ろうぜ」

ぴくりと、リオの指先が跳ねる。

もしかすると、アエローにはこちらの性別が疑われているのではないか。過去の一件以来、リオはやたらと風呂に誘われる気がした。

「僕としては、ディア様が元気ならそれで良いんですけど」

大怪我を負ったにもかかわらず、冠上闘技の後も、ディアの性格が変わる事はなかった。

いいやむしろ、ますます精力的になっているとも言える。

彼女は、一度打ちのめされた後が強いらしい。立ち上がろうと、より強い生気を見せるのだ。

その点は素晴らしい。彼女に敬意を抱いているものが多いからこそ、この訓練場は成り立っている。

しかし、全員が思っていた。修理作業に彼女を関わらせてはいけないと。

「私、帰還ッ！　待たせたわね皆の衆！」

絶望の声が訓練場に響いた。ドネットとともに外回りに出ていたディアが帰ってきてしまったのだ。

アネルドートに切断された左腕は完全には接合されておらず、肩から包帯で吊《つ》り下《さ》げている。しかしそれでも意気揚々と出来るのが、彼女の美点だろう。

「く、訓練長殿。もう少し市場を見て帰ってきても良かったのでは？　よろしければ、今からでも」

「どうしたのよドネット。皆が張り切って修理してくれてるんだもの。私が入らないわけにはいかないでしょう！」

「それは、そうなのですが、その」

修理箇所が増える。とは流石のドネットも言えないらしかった。

彼女の前向きさと、懐の深さは誰もが知っている。反面、その——いわゆる、何処かが抜けている事もよく知っている。

周囲から、リオへ視線が集まった。特にこういった場面では発揮されがちな特性だ。

「え、ええと。ディア様、そのどうでしょう。こういう時にディアを誘導するのならば、リオが適任なのは明らかだ。

「え、ええと。ディア様、そのどうでしょう。ここの所、根を詰めすぎですし、少しは気分転換でも」

「リオ——」

不意にリオを見つめると、ディアは碧眼《へきがん》を瞬かせた。

何か思いついた悪戯っ子のように笑みを浮かべて、リオの前へと来る。

「そうそう。本当はもっと前に来る予定だったんだけど、とうとう来たわ！　通達状！」

「え、ええっと？」

リオが全く事態を理解できないままに話が進んでいく。しかし構うものかとばかり、ディアが手にしていた羊皮紙を開く。

羊皮紙の内容へと、視線を向けた。

「じゃじゃーん！　何と、リオが反乱に対して功績をあげたことをしっかり認めてもらったわ！　ハーレクイン卿《きょう》の手回しもあっただろうけど、これで十分な恩賞——それに、名誉勲章が出るはずよ」

名誉勲章。ぽかんと口を開きながらリオはディアの言葉に耳を傾けた。

アネルドートの一件は、表に出ていない。貴族の精霊が、よもや反乱を企て議長クライムを殺害したなど、公に出来るはずがなかった。

その代わり、全てを知るリオに名誉と金を握らせる。これはそういう手法なのだろう。

「恩賞は、五年は暮らしていける金額よ。名誉勲章は、まさしく精霊世界への貢献を讃《たた》えるもの。君が望むなら——身分を買い戻す事だって出来る」

ディアが笑みを浮かべながら、そう言った。何時もの陽気さはそのままに、何処か寂しさを秘めているような笑み。

その表情は、リオとの別離を覚悟しているかのようだった。

当然だ。リオが闘技者となってディアの下にいるのは、奴隷であるから。奴隷でなくなったならば、リオは闘技者をやめる事も、ディアの下から去る事だって出来る。

リオは瞼《まぶた》を瞬かせた。そうして同時に、相変わらずこの方は少しズレているな、と思ってしまった。

確かに、奴隷身分を脱せるのであれば喜ばしい事。しかし、

「ディア様――」

どうしてこの方は、自分が離れてしまうと思っているのだろうか。

奴隷身分から抜け出せる事以上に、それが信じられなかった。

「ん？　どうしたのリオ。あ。報酬はまだ暫くは支給されないから少しは我慢を――」

「――次の闘技は、何時にしましょうか。もう少し、大きい大会に出てみたいんですけど」

今度はディアが目を瞬かせた。しかしリオの真意を理解して、相好を崩す。

「そうね、そうねぇ！　じゃあルーベラン賭場《とば》大会もあるし。そうねぇ、良ければ南方列国まで足をのばしてみるのもありよね」

指折り、ディアは大会を数えていく。それは一向に止まらない。その間に多くの闘技者が忙しなく修理を再開していた。

リオは眼を細めながら、ディアを見つめる。自分から、首輪に繋がれよう。杭《くい》に押し込まれよう。彼女と一緒にいるために。

何も決められない人生だったし、自由なんてない生涯だったけれど。これは、間違いなく自分が決めた事だ。

リオ＝カーマインは、初めてそう感じた。もはや、お前は何者か、と聞かれて逡巡《しゅんじゅん》する彼はいない。何せ、

「ますます忙しくなるわよ。立ち止まっちゃいられないからね。したい事があるなら、じゃんじゃん言いなさい。だって私達は——家族《ファミリー》なんだから」

そう、笑って言ってくれる相手がいるのだから。

あとがき

この度は『女装の麗人は、かく生きたり』をお読み頂きありがとうございます。

本作はスニーカー大賞の銀賞を受賞させて頂き、無事刊行と相成りました。このような幸運に恵まれた事は、まさしく望外と言わざるをえません。

しかし本作の幸運とは反対に、主人公リオは多くの運に恵まれない役回りと言えます。才能に性別、生まれや境遇。どれも彼が志す道筋にはそぐわないものです。

実の所、本作は最初に世界観から作成しており、その後、世界を旅する為に多くの主人公「候補」が生まれました。

精霊の立場から世界を巡る者もあり、人間として世界解放戦線を率いて世界を征する者もあり。

当初はリオもそんな候補の一人として名を連ねていただけで、最も不遇な立ち位置以外に目立つ存在ではありませんでした。むしろ最初は全く別のキャラクターを主人公として物語を書き始めたくらいです。

しかし何故かリオの持つ女装の麗人というキャラクター性が頭から離れず、思いつくエピソードも彼のものばかり。

気の迷いと遊びで幾つか彼の活躍シーンや設定を書き上げてみた所、あれよあれよという間に他の候補を蹴散《けち》らし、本作の主人公として躍り出てくれました。

何故彼を、と問われると、自分でも未だにどうしてという理由は見出せません。

しかし幸運に恵まれずとも、なお幸福を志す事こそは人間の権利であり、リオはある意味でその体現者なのかもしれません。そういう意味では、私は彼を選んだのではなく、彼に導かれていたのかも。

結果、リオは本作とともに数多くの偶然と幸運に恵まれ、世に出る事となりました。

改めて角川スニーカー文庫編集部および選考に携わられた全ての方々、担当編集の岩田《いわた》様、素晴らしいイラストにて拙作を彩って頂いた夕子《ゆうこ》様と、数多くの相談を捌《さば》いて頂いたK氏、並びに本作の出版に関わって頂いた全ての方々に厚くお礼を申し上げます。

拙作が、少しでも皆様の心に残る事があったのなら、これ以上はありません。

ショーン田中《たなか》

女装《じよそう》の麗人《れいじん》は、かく生《い》きたり

著　ショーン田中《たなか》

角川スニーカー文庫　24433
2024年12月１日　初版発行

発行者　山下直久
発　行　株式会社KADOKAWA
〒102-8177 東京都千代田区富士見2-13-3
電話　0570-002-301（ナビダイヤル）

印刷所　株式会社暁印刷
製本所　本間製本株式会社

◇◇◇

Printed in Japan　ISBN 978-4-04-115611-7　C0193

★ご意見、ご感想をお送りください★
〒102-8177 東京都千代田区富士見 2-13-3
株式会社KADOKAWA　角川スニーカー文庫編集部気付
「ショーン田中」先生「夕子」先生

アエロー
エミー＝ハーレクイン
アネルドート＝オルガニア

「――オルガニア卿。僕は、家畜ではありません」
「――そうか」

剣闘技第一節、『鉄門』。腰構えとも呼ばれるそれ。最も基本的な構えであり、切っ先を背後に向ける事により、一呼吸で相手へと刃を向けられる。

即ち、これはアネルドートへの宣戦布告であった。